朝倉かすみ

ぼくとおれ

実業之日本社

実業之日本社文庫

ぼくとおれ　目次

ぼくとおれ

第一章　新橋、すすきの

昭和四十七年（一九七二年）

おもなできごと

一月	グアム島で元日本陸軍兵を発見
二月	札幌オリンピック開催 浅間山荘事件
五月	沖縄返還
九月	ミュンヘンオリンピック開催
十月	日中国交正常化を記念し、ジャイアントパンダ二頭が贈られる

●第二三回NHK紅白歌合戦

紅組司会	佐良直美
白組司会	宮田輝アナウンサー
総合司会	山川静夫アナウンサー
審査員	中原誠、中村汀女、井上ひさし、輪島大士ほか
紅組トップバッター	天地真理「ひとりじゃないの」
白組トップバッター	森進一「放浪船」
紅組トリ	美空ひばり「ある女の詩」
白組トリ	北島三郎「冬の宿」
視聴率（関東）	80・6%　※ビデオリサーチ調べ

平成三年（一九九一年）

おもなできごと

一月	湾岸戦争勃発
五月	千代の富士引退 ジュリアナ東京オープン
六月	雲仙普賢岳で大火砕流発生 四大証券の大口顧客への損失補塡発覚
十一月	宮沢りえ写真集『Santa Fe』発売
十二月	ソ連崩壊

●第四二回NHK紅白歌合戦

紅組司会	浅野ゆう子
白組司会	堺正章
総合司会	山川静夫アナウンサー
審査員	秋山幸二、山崎豊子、芦原すなお、荻野アンナ、若花田勝、貴花田光司ほか
紅組トップバッター	西田ひかる「ときめいて」
白組トップバッター	バブルガム・ブラザーズ「WON'T BE LONG」
紅組トリ	和田アキ子「あの鐘を鳴らすのはあなた」
白組トリ	谷村新司「昴—すばる—」
視聴率（関東）	第一部34・9％ 第二部51・5％

※ビデオリサーチ調べ

栄人《えいと》

マトリョーシカの形をした計量カップ。

若い女性がカウンターに持ってきた。斜めがけにしたショルダーバッグのべろを開ける。財布を探しながら「プレゼントで」と告げた。アニメ声だ。

「きっと喜ばれますよ」

ぼくは感じよく微笑し、背後の棚から在庫を出した。箱を開け、傷や汚れがないか確認し、空色のショッピングバッグに入れる。ロイヤルブルーのシールと銀色のリボンも貼る。Especially For You。

商品を手渡すときは、お客さまと目を合わせるようにしている。今もそうするつもりだったのだが、つい視線が泳いでしまった。彼女の睫毛は両方とも剝《は》がれかかっていた。目尻側の半分が浮き上がり、あるかなきかの空調にピラピラとそよいでいる。

これ、気づいちゃいけないやつ。

ショッピングバッグを受け取った彼女は、口元をきれいなUにした。ちょっと肩をすくめて、小首をかしげる。ぼくもにっこりと一礼。その顔のまま彼女を見送る。太やかな足にもかかわらずショートパンツを着用し、真冬にもかかわらず生足だ。もこもこしたボアのブーツをはき、ちょこまかと内股で歩いている。可愛《かわい》いね。すごくがんばってる。

カウンターに置いたままの計量カップを陳列台に戻そうと、生活雑貨の一画まで狭い店内をゆっくり歩いた。

この計量カップはプラスチック製にして、アメリカ製。作りも形もマトリョーシカ人形を模していて、頭部と胴体部が分かれる。計六種の計量カップとして使え、値段も手頃で、うちの店でも人気がある。

ちょっと腰をかがめて、白木の棚にマトリョーシカ計量カップを置いた。途端、思い出はいつも入れ子式、という言葉が頭のすみを過ぎた。

だれの言葉なのかは分からない。もしかしたら、ぼくが思いついたものかもしれない。はっとしたような心持ちになり、天井から吊《つ》るされたボードを見上げた。「Switch of Life」。この店の名前だ。

有楽町のファッションビルに入っているインテリアショップである。都内の一等地に三店舗展開しているうちのひとつだ。

二〇一三年、一月。正社員として採用されて、まだ一カ月も経《た》っていない。給料は安いようだが、今年四十一になる男の就職先にしては上々だ。経営者は古くからの友人だった。その縁で、声がかかった。

「Switch of Life」

人生のスイッチ、と日本語で読んでから、手首を返して時計を見た。仕事が退《ひ》けるまで、あと一時間と少し。客はまばらだ。今日はもうこのまま店じまいになるだろう。カウンターを見れば、店長代理のちえりちゃんも、眠たそうな目をしてパソコンをながめていた。ちえりちゃんは二十三、四歳。ふう、と息をつき、たまにお腹《なか》をさするのは、彼女が妊娠中だから。左手の薬指にはめた細い指輪が、店内の照明を反射して、ぴかぴかと輝く。

籍を入れたのは昨年末だったが、披露宴は安定期に入るのを待って、春に催すそうだ。披露宴といっても、レストランで食事するだけの簡素なものらしい。どのみち、ぼくは行けない。土曜日におこなわれるからだ。ちえりちゃんの産休明けまでのつなぎのバイトである葛西《かさい》くんと二人で出勤の予定だ。

閉店まで、ぼくは陳列台の商品を一つ一つじっくりとながめたり、位置や向きを直したりしながら、時間をつぶす。退屈ではない。入れ子式の思い出を開けていけば、時間はすぐ経つ。

一九九一年だった。

三月の終わり頃、相野谷《あいのや》と飲んでいた。

場所は、新橋のガード下。狭い焼鳥屋のカウンターで熱燗《あつかん》をちびちびやりながら、「しかしなんだね」みたいな話をしていた。

周りはサラリーマンだらけだった。どの人も酒のせいでゆるんだ顔つきになっていて、疲れているのか元気いっぱいなのか分かりづらかった。

停戦にはなったものの、まだ全然落ち着いていない湾岸戦争の話題を挟みつつ、彼らは社内や、彼らが属す業界の話をしていた。決算賞与が出るのも今年かぎりのものだろうと悲観する人もいれば、いやいや、いけいけどんどんだとオダをあげる人もいた。

いやでも耳に入るその話題に、ぼくらも多少引きずられた。

砂漠の嵐作戦は新月の夜に決行されたらしいとか、ひょっとしたらパウエルは大統領になるかもしれないといった伝聞情報や安易な推測をぼそぼそと披露し合い、軽く否定し合ったりした。意見が一致したのは、油にまみれて真っ黒になった海鳥のことだった。あれはとてもかわいそうだった。

社内や業界の話にはそんなに引きずられなかった。

ぼくも相野谷も十八歳。バイトの経験すらなかった。大学の入学式を控え、高校最後の春休みを安穏と過ごしていた。

受験から解放され、羽を休めていたわけでも、虚脱状態におちいっていたわけでもなかった。これから始まるキャンパスライフへの過度な期待もない。文字通りゆっくりしていた。大学といっても持ち上がりだ。ぼくも相野谷も小学校から私立の同じ学校に通っていた。

なかには、突如国立《こくりつ》を目指すなどして、他大学に進んだり、浪人したりする人もいた。なまぬるい環境に飽き足らなくなったのかもしれないし、何かやりたいことがあったのかもしれない。

まさに「その意気や良し」だ。現状をつまらなく思うこと、夢の実現に向かって一歩を踏み出すこと、どちらもとても若者らしい。若いうちの苦労は買ってでもしろって言うし、親がお膳立てしたコースを捨て、自分の力を試したいというのは、たぶん、恰好《かっこう》いいのだろう。

がんばってほしい、とは思うのだが、そこ、がんばるところかな、とも思った。がんばらなくて済むのなら、わざわざがんばる必要なんてないんじゃない？

大学や将来だけでなく、ぼくは、総じてがんばるという行為が得意ではなかった。だからといって、がんばる人を軽んじる者ではない。ただ、少し、苦手なだけだ。敬して遠ざけるという感じ。

がんばっていないと、不安になるのは分かる。置いていかれるような気分にはなる。でも、気分だけだ。置いていかれるも何も、自分がそう思うかどうかだけ。そもそも、がんばらない自分を「置いていく」ものってなんだろう。

それは、ぼくが思うに隣人である。顔見知りのだれかの向こうに何百万人もの見知らぬだれかがいる。つまり世間というやつで、ぼくらは、まず、彼らと足並みをそろえたいのだ。そうすれば安心する。

そしてあわよくば追い越したいのだが、このときの追い越したいだれかは、たいていの場合、顔見知りにかぎられる。仲間うちで、頭ひとつ飛び抜けたい、というちっぽけな野心が頭をもたげる。いっそ抜け駆けも辞さずというようなライバル心をぷんぷんとにおわせて。

ハンティングワールドのショルダーバッグを持っているとか、ラブラドールでラルフローレンを買うとか、ブーツはティンバーランドかレッドウィングかとか、現に、みんな、何かしらがんばり、センスを張り合っていた。

大学や将来のことも、センス比べのひとつに過ぎない。人生にたいするセンスだ。うっかりそう思ったものの、「人生」という言葉はひどく遠く感じられた。ぼくは、ぼくが生きていることと、「人生」をうまく結びつけられなかった。

ぼくが過ごした十八年間は、「人生」という言葉を使うには、短すぎた。振り返ったところで、さしたる山も谷もない。客観的に言うとね。熱を出して遠足に行けなかったとか、十三歳のクリスマスにファミコンを買ってもらったとか、ぼくなりにはいろいろあったけど。

「人生」と言うからには、少なくとも四、五十年かそこらの年月が要るような気がした。それだけ時が経てば、艱難辛苦《かんなんしんく》とまではいかないけれど、ある程度のメリハリはつくだろう。滋味あふれる表情で、雨のふる日は天気がわるいとつぶやくだけで、なんともいえない説得力が出てくるような。

「貴花田《たかはなだ》ってやっぱりすごいよな」

相野谷が思い出したように繰り出した話題は、後ろの椅子席のサラリーマンの会話に引きずられたものだった。その年の春場所で、貴花田は平幕で十一連勝をかざり、敢闘賞と技能賞を獲得した。

「あそこまでやるとは思わなかったよね」

「同い歳でお相撲さんになるやつがいる、っていうのも、すごいっちゃすごいけど」

「同い歳の知り合いのなかに、裸でフンドシでチョンマゲはいないね、たしかに」

「や。それもそうだけど、中学生で職業を決めるっていうかさ、そしてけっこうすぐに結果を出すっていうか、出すどころか、日本中の人気者になるっていうか、そういうのが」

うーん、とぼくは少し考えた。雰囲気だから、という理由で頼んだお銚子《ちょうし》をよけて、カウンターに肘《ひじ》をつき、頬をつつんだ。

「そういうもんなんじゃない、のかなぁ」

「何が？」

何がどう、そういうもんなの？　髪の分け目とそのあたりのふんわり具合を気にしながら、相野谷が訊《き》いた。相野谷の髪型はB'zの稲葉《いなば》を意識していた。櫛目《くしめ》を入れないナチュラルな分け目付近にややふくらみを持たせ、前髪を薄く垂らしていた。揉《も》み上げはあくまでも短く。

「天職っていうか、天分ていうか、そういうのがあれば、わりと早いうちに自分で分かっちゃうんじゃない？　進むべき道が。それしかないぞみたいな感じで」

相野谷につられて、ぼくも髪をいじりながら答えた。ぼくの髪型はフリッパーズの小沢《おざわ》を意識していた。彼とは顔や体型が同じ系統だった。なお、系統だけで言えば――小沢か稲葉かと詰め寄られれば――相野谷の顔は稲葉寄りだ。ただし、稲葉より目鼻のありようがダイナミックだ。

「なるほど！」

相野谷がカウンターをトンと叩《たた》き、人差し指をぼくに向けた。サラリーマンの仕草を真似《まね》たのだと思われる。

「蒲生《がもう》くん、チミは、いま、いいことを言ったね」

ぼくの上司のような口をきく。いや、実はね、と小声で前置きし、チミは見どころがあると思ってたんだ、と言うので、

「いえいえいえいえ、課長あってのわたくしですから」

と揉み手をして調子を合わせた。「ういやつよのう」と相野谷がにたりと笑ってみせたので、「それじゃあ時代劇だよ」と大笑いした。相野谷が提案した「新橋でサラリーマンごっこ」は、こんなふうに何度も中断していた。

「なんでサラリーマンごっこがしたいんだよ」

何度か言ったことをまた言うと、

「なんで、すぐに、お、いーねーって答えたんだよ」

と言い返された。

「一言で言うと面白そうだったから、かな」

「二言で言うと？」

「サラリーマンになる予感はまったくないけど、きっとなっちゃうんだろうなぁ、と思ったから」

「予行演習？」

「あと好奇心？　『新橋のサラリーマン』も『丸の内ＯＬ』もちゃんと見たことないし」

「あれ？　蒲生のお父さんって、『新橋のサラリーマン』じゃないの？」

「あの人は、強いて言えば丸の内のサラリーマンなんじゃない？　もうすぐ新宿のサラリーマンになるけど」

「よく考えてみれば、サラリーマンかどうかも微妙だしね」

「サラリーもらってるから間違いではないんだろうけど」

ぼくの父は都庁の職員だった。

「公務員かー」

それはそれでイメージ湧《わ》かないんだよね。大手和菓子店の次男である相野谷が日本酒くさい息を吐いてから、つづけた。

「公務員とかサラリーマンは、ぼくの天分じゃないと思うんだよ」

「天分じゃなくても、そこそこできちゃうのがサラリー関係なんじゃないのかなぁ」

「そりゃまあ、お相撲さんに比べたら、大概の仕事はそこそこできるんだろうけどさ」

しかしだ、蒲生くん、とここで相野谷は上司ふうに口調を変えた。ちょび髭《ひげ》を撫《な》でる身振りもした。

「それだと愉《たの》しくないだろう」

あん？　というふうに顎《あご》を上げた。

「一生おんなじ会社にいて、毎月給料もらって、着実に昇進してさ。それでも、チミ、普通は六本木でドンペリとかガンガン開けられなかったりするわけだ」

ピンドンもロマコンも、と指を折り、「あ、電通とかテレビ局の人はべつね」と相野谷は断りを入れた。

「あのひとたちは名誉サラリーマンだから」

「相野谷って、ドンペリ、ガンガン開けたいの？」

「いや。べつに」

あっさりと首を振り、相野谷は、たとえばの話ですよ、と耳の裏を掻《か》いた。

「つまり、なんていうか、ばかでかい幸運もない代わりに、ばかでかい不運もないのはパンチに欠けるかな、と。役満狙わない麻雀《マージャン》みたいでさ」

「相野谷、麻雀やるの？」

「やらないけど？」

どうもチミは、もののたとえってものが分からんらしいね。相野谷は少しだけ機嫌を損ねた。つまらなそうに猪口《ちょこ》を持ち、揺すってみせる。

「分かるよ」

まま、課長、一杯。相野谷の猪口に酒を注《つ》いだ。ぼくは居合わせただれかを不愉快な気分のままにしておくことが、がんばることと同じくらい苦痛だ。

「生きてるって実感が欲しいんでしょ？」

相野谷は、たぶん、自分の人生を特別なものにしたいのだ。どんな人にとっても、自分の人生は特別だが、相野谷は、他人の目からでも特別に見える人生を望んでいるのだろう。

「んー、ちょっとちがう」

だってさー、と相野谷は目をしばたいた。くっきりした二重《ふたえ》まぶたが酔いのせいで少々はれぼったくなっていた。

「生きてるって実感だけなら、女の子とデートの約束したときとか、会いに行くときとか、そういうときでも、びんびん感じるじゃないですか」

「相野谷」

「何？」

「それもたとえ話？」

「実話だけど？」

もう終わっちゃったけどね……。相野谷は背中をまるめて日本酒を舐《な》めた。男女の別なく、みんなでわいわい騒ぐのが好きな相野谷にそんな相手がいたとは知らなかった。

「女の子にかんしては、隠密《おんみつ》行動をとるタイプだったりして」

生真面目な表情でそう言うと、相野谷は、

「そういや、こずえちゃんとどうなった？」

と単刀直入に訊いてきた。

「どう、って」

ぼくは口ごもり、「自然消滅っていうか」と独り言のように言った。「フェードアウトっていうか？」と相野谷に重ねられ、「まあ、そんな感じ」とうなずいた。

何かのパーティで知り合った某女子校のこずえちゃんは、声は低くてちょっとこもっているものの、ほっそりとしていて、きれいな女の子だった。落ち着きがないところがあり、いつもなんだかバタバタしていたけれど、全体的には可愛らしかった。チャーミーグリーンのコマーシャルに出てくる老夫婦にあこがれていて、いくつになっても旦那さまと手をつないでいたい、と言っていた。『プリティ・ウーマン』を観《み》れば、ぼくとリチャード・ギアがどことなく似てると言い、三菱《みつびし》信託銀行の前を通りかかればなんとなくピーターラビットに似ていると言った。彼女にかかれば、ぼくはプラタナスの木にも似ていたし、ハニーチュロにも似ていた。だが、フリッパーズの小沢に似ているとはついに言われなかった。

こずえちゃんに押される感じで付き合っていて、最初の頃はどうということのない話題でも「話がはずむ雰囲気」があったのだが、だんだんと湿った空気になっていった。あんなにニコニコしていた彼女がふくれっ面を見せたり、妙にさみしげに目を伏せるようになった。意地でも話をはずませまい、としているようだった。

いわく、栄人くんは、あたしといても退屈なんでしょう?

いわく、栄人くんって、あたしに興味ないみたい。

いわく、ただのお友だちだったときのほうが、ずっと愉しかった。

「じゃあ、もう、会うのやめる?」と訊くと、「そういうんじゃなくて」と目に涙をためて首を横に振った。意味が分からない。彼女と会っているときは、ぼくは終始にこやかにしていた。彼女の意見を否定したこともないし、批判したこともない。彼女が湿った空気を発するようになっても、態度は変えなかった。

正直に言うと、持て余した。でも、ぼくは、自分のなかの「がんばり」を掻き集めて、精一杯、気を遣っていた。ところが、彼女はもう我慢できないというふうにこう言ったのだ。

「あたしのこと好き?」

「好きだけど?」と答えたら、泣き出した。江の島水族館でマンボウを見た帰りだった。その後は会っていない。何度か電話をしたが、彼女は出なかった。お母さんに謝られ、かえって恐縮した。

「最終的には、ふられたような気がする」

そう言うと、相野谷は、

「ふられたほうが気が楽だよね」

と、利いたふうな口をきいた。相野谷もふられたのだろう。

「……そんなに話も合わなかったし」

相野谷のつぶやきに、「ぼくもそうだよ」と同調した。「女の子ってなんかよく分かんないよね」、「何回会っても会うたびに、今日のご機嫌はどうかなってビクビクするし」と言い合った。

「でも機嫌がいいときはすごく可愛いよね」

「そのぶん、ご機嫌斜めのときは地獄だよね」

あはは、と同時に笑い、あーあ、と打ち合わせたようにため息をついたら、ほんとうに新橋のサラリーマンになった気がした。ハツやモツやねぎを焼く煙とにおいに暖められながら、まだ少し冷たい隙間風《すきまかぜ》を肩口に感じ、同僚と腹を割って、ぼくらの属す業界の裏話を語らっている心地《ここち》になった。

こずえちゃんと言葉をかわしていて、こんな気持ちになったことはなかった。

とびきり親和的なムードに包まれたのは、一度きりだった。それはぼくがとってお きの誕生秘話を語ったときで、こずえちゃんは、ぼくがプレゼントしたちいさなピアスにさわりながら、優しく微笑していた。

ぼくが生まれたのは一九七二年である。

昭和で言うと四十七年で、月日は九月八日。八にちなみ、栄人と命名された。ずっと世田谷に住んでいるが、出生地は札幌だ。母の実家である病院で産声をあげた。二歳上の姉を産んだときは、祖母が上京してあれこれ世話を焼いたらしいのだが、第二子であるぼくのときは、母が里帰りした。もちろん幼い姉もつれて。

入院期間をふくめ、母は半年以上も実家で過ごしたようだ。写真を見るに、父が札幌にやってきたのは、ぼくが生まれたときと、正月の二度。

父と母とのあいだに何かわだかまりがあった時期なのかもしれないし、とくに何もなく、ただ単に「そういうもの」だったのかもしれない。

当時の出産にかんする風潮は知らないが、現在ほどのイベント感はなかったはずだ。それに父は昭和十三年生まれ。物心がついたときは戦時中だった。ミンナデ　ベンキヤウ　ウレシイナ　コクミンガクカウイチネンセイ。そんな歌を歌って国民学校に入学したらすぐに終戦になったというから、もはや歴史上の人物のようである。そんな人物に立ち会い出産の発想はないだろう。

母も歴史上の人物にはちがいない。昭和二十一年の生まれだから、ほぼ団塊《だんかい》の世代だ。くわしくは知らないが、母の生年は、団塊の世代に入る説と入らない説があるらしい。九月二十三日生まれが、乙女座《おとめざ》か天秤座《てんびんざ》か、はっきりしないようなものなのだろう。こずえちゃんが、あたしは乙女座と主張していたように、母も団塊の世代と称していた。

女子大への入学を機に札幌から上京した母は、「お友だちの紹介」で父と出会い、卒業と同時に結婚した。以降、専業主婦の道を歩んでいる。働いた経験はない。だからといって、いつも家にいたわけではない。やれボランティアだカルチャーセンターだ体操だと毎日のように出歩いていた。いまもそうだ。なんだかんだと忙しそうにしている。都庁を退職後、外郭団体や行政法人を渡り歩いてリタイアした父はだいたい毎日家にいる。たまに同期会だか同窓会に出かけるくらいだ。

ぼくの初めての記憶は、四歳前のものだった。登場人物はコマネチ。白いユニフォームを着た彼女が声援に応えるシーンである。

それはモントリオールオリンピックの出来事で、だから一九七六年で、ゆえにぼくはほぼ四歳だったと、後追いで年齢を確認した。それより前の記憶は、おもに母から授けられたものだ。

聞きかじりの記憶なのに、懐かしく思い出すのは、よく考えると奇妙である。何度も聞いているうちに、ぼくのなかで像が結ばれ、定着したせいだろう。以下、こずえちゃんに話した、ぼくの頭に定着した思い出。

ぼくを産んだあと、母は病院で知った顔を見つけた。

小学校、中学校の同級生だ。二度、同じクラスになったらしいが、そんなに仲がよいわけではなかった。

だが、同じ病室で、ベッドも隣り合わせていて、出産日も同じで、しかもどちらも男の子だったから、にわかに連帯感が生じ、親しく言葉をかわすようになった。

同級生は初産で、子育てに不安を抱えていた。経験者の母は、育児について先輩風を吹かせた。

「大丈夫。なんとかなるわよ」

「でも男の子は女の子より弱いっていうし……」

「でも男の子のほうが女の子より母親べったりで、可愛いっていうじゃない」

「でも頼りになるのは結局女の子だっていうから……」

「でももう産んじゃったんだし」

悶着《もんちゃく》とまではいかない、ちいさな齟齬《そご》が、授乳シーン、食事シーンなど、ふたりのあいだで何度もおとずれた。

やっぱり、この人とは合わない。そう母は思った。勉強ができて、明るく、裕福な家に育った母は、自称クラスの人気者で、件《くだん》の同級生はすべてにおいてその反対の位置にいたという。昔から、いくら話しかけても返ってくるのは、さりげなく母に逆らうような、総じてネガティブな意見で、母はいつも「あーもういい」という気分になったそうだ。

その関係性は二十歳《はたち》を過ぎ、二児と一児の母になっても変わらなかった。

大学出で公務員と結婚し、東京で暮らす母にたいして、高校中退でごく小規模な煮豆製造会社社員と結婚し、夫と同じ職場でパート勤めをしながら札幌にいつづける同級生は、生まれたばかりのぼくの今後について、「おかしなことをしでかさなきゃいいけど……」と心配したようだ。

互いの息子の将来をぺちゃくちゃお喋《しゃべ》りしたなかで出た発言だった。母のおおまかなプランは、大学までいかせて、そのあとは本人の意思にまかせるというもので、同級生のプランは高校卒業が最低ラインで、そのあとは本人次第というものだった。

「とにかく健康で、他人に迷惑をかけず、安定した職につければ……」

と繰り返したらしい。

「大学生にさせても、あんなことになっちゃったら、どうしようもないし……」

その年に起こった、一部の学生運動家による立てこもり事件やリンチ事件をにおわせた。

「こどもを甘やかすのは考えものだと思う……」

立てこもり事件のさい、幼児を呼ぶように、息子にちゃん付けで呼びかけ、説得しようとした母親への批判を口にした。ちろり、ちろりと目玉を動かし、母を見つつ。

「べつに甘やかそうなんて思ってないけど？」

ついに母はキレた。

「あんな事件を起こすのは、明らかにモテないか、自分が思っているほどモテない子かのどっちかよ」

とあんまりな暴言を吐いた。

ぼくはその事件を知識としてしか知らないが、日本中を震撼《しんかん》させた大事件である。事件のおおもとは思想だろう。それを無視して、モテる、モテないで断じる母の意見は雑すぎる。まあ、母は若者が起こす大事件はよろずモテる、モテないで分析するのだが。

ともあれ、退院の日には住所を交換した。その後は一度も連絡を取り合わなかったらしい。年賀状のやりとりも数年で途絶えたそうだ。

こずえちゃんに強調して話したのは、同じ病室で、同じ日に男の子を産んだ、元同窓生の若い母親たち、というところだった。細部は省略した。彼女はどうやらそれを奇跡的な出来事と捉えたようだ。「運命の二人って感じ」と言ったあと、

「その子は、いま、どうしているのかなあ」

と頬杖《ほおづえ》をついた。ぼくと同じ誕生日の男の子のことだ。

「高校生なんじゃない？」

ぼくは答え、「それはそうだけど」と二人で笑った。

「いや、だからさ、蒲生くん」

相野谷が腰かけ直し、体をぼくに向けた。

「スイッチは無数にあるんだよ。問題はどれを押すかってこと、ちがう？」

「スイッチって？　なんの？」

「人生のだよ、チミ」

「あー、そういうのね」

「むしろ天分がある人のほうがスイッチは少ないんじゃないかな、と」

「一個だったりするかもですね、課長」

　ぼくはゴマをする身振りをした。うむ、とうなずく相野谷を見た。こいつは、それぞれちがう世界に通じるスイッチがずらりと並んでいると思っている。きっと、モグラ叩きをするように、スイッチを次々と押していくのだろう。無邪気に希望あふれる明日を信じる相野谷が、ちょっとうらやましかった。

「すてきですね、課長」

　ぼくはというと、無数のスイッチと聞いただけで、やるせない気持ちになっていた。スイッチの数は、相野谷が考えるほど多くないと思ったからだ。

拓郎《たくろう》

その夜は、思い出の夜だった。

思い出を作っている、という自覚があった。

「たとえどんなに歳《とし》をとっても」

鼻の頭を赤くして、美雪《みゆき》が言った。

「チャーミーグリーンのおじいさんとおばあさんみたいに仲よしだったらいいな。新婚さんを見かけるたびに、今夜のあたしたちを思い出してニコニコできたらすごくいいね」

おれは美雪の肩をちょっと乱暴に抱き寄せた。髪の分け目に顎をのせ、

「分かってる」

とささやいた。美雪の気持ちが痛いほど伝わってきていた。おれも、おんなじ気持ちだった。

もしも、おれらが別れてしまったとしても、決して忘れはしないだろう。今夜のこと。おまえのこと。忘れられるわけがない。

一九九一年の三月だった。

おれも美雪も高校を卒業したばかりの十八歳だった。美雪は地元の短大に進学予定で、おれは東京の鉄道会社に就職が決まっていた。

おれたちの通っていた高校は、一応、進学校だった。ものすごく優秀なほうではないけれど、札幌では、名前を口にしてもそんなに恥ずかしくない程度の高校だ。就職する生徒は少数派だった。

少ない就職組のなかでも、東京で働くのが決まったのはおれだけだった。進学組のやつらのなかでも本州の大学に合格した者は少なかった。就職するにせよ、進学するにせよ、ほとんどが北海道に残った。

おれは最初から大学に行く気はなかった。とくになりたい職業などなかったおれにとって、大学は世間に通用するための手形でしかなかった。つまり、北大以外は行っても仕方のないところだった。

一生懸命勉強すれば北大合格も夢ではなかったが、リアルでもなかった。おれの高校からの現役合格者は数えるほどだ。その数人になるのを目指し、必死こいて勉強して、もしも落ちたら浪人したくなるだろう。予備校に通って、再度チャレンジしたくなるはずだ。

だが、それでまた落ちたらどうなる？　よい勤め先が見つかるか？　あるいは、北大を諦めて、入れそうな国立大学を受験するか？　それでもそこを落ちたら？

高校新卒で、名の通った企業に就職するのがベストだとおれは思った。世間に通用するための手形になる。高卒だから出世は頭打ちだろうが、「名の通った企業」という手形は一生物だ。ひょっとしたら、「大学出」という手形よりも有効かもしれない。

東京の鉄道会社に応募したのは、高校にきた求人のなかで、おれが思うに、そこがもっとも名の通った企業だったからだ。絶対に、つぶれない。

つぶれないという点では、金融関係の会社もよかったが、鼻持ちならないエリートが鉄道会社より多くいそうで、いやだった。どうやって儲《もう》けているのかハッキリしない感じがするのも、おれとしては好ましくなかった。電車を動かし、人を運んで、金を稼ぐ。その単純な図式がおれの性に合った。

両親はおれの学力を過信して、進学すると思っていたようだ。四歳下の妹は当時中学二年生だったが、勉強が得意なほうではなく、公立高校に合格できそうもなかった。おれは仁村家《にむらけ》の期待の星なのだった。

父親も母親も、「どこでもいいから大学に行ったほうがいいんじゃないか」と、わりとしつこく言いつづけた。「親はこどものためなら、どんな無理でもできるものだ」とも言った。

結局はおれの決断に同意した。就職が決まったら、「体に気をつけて」と、それだけを繰り返した。「勤めるからには辛抱しろ」とも言われた。「新入りは、自分で思うより役に立たないのだから、生意気を言ったりしたりしちゃいけない」と、そんなことも言っていた。妹は終始能天気で、「東京にあそびに行きたいなー」とか、「吉田栄作《よしだえいさく》に会ったら教えて」と思いつくまま口にしていた。

おれの就職をもっとも喜び、そしてもっともさみしがったのが美雪だった。

美雪とは高一から付き合っていた。バレンタインデーにM&M'sのキャラクターボトルに入ったチョコレートをもらったおれが、ホワイトデーにくまのプーさんのマグカップをプレゼントしたのがきっかけだった。

美雪とは同じクラスだったが、バレンタインデー以前はまったく意識していなかった。

おれは一つ歳上の片桐《かたぎり》さんにほのかな思いを寄せていた。ハンドボール部の片桐さんは背が高くて痩せていた。ショートカットがよく似合い、茶色っぽい猫っ毛が蔓草《つるくさ》みたいに這《は》うなじが真っ白だった。涼やかな目といい、細い鼻といい、透明感がハンパなかった。

美雪は片桐さんとは正反対のタイプだった。背があまり高くなく、線が太い。片桐さんがシャンパングラスだとすると、美雪は歯磨き用のコップだ。

だが、バレンタイン以降、美雪はなぜかおれの視界によく入るようになった。なぜか日増しに可愛くなった。断っておくが、バレンタインデーにチョコレートをくれたのは美雪だけではない。なかには片桐さんに準ずるくらいの透明感の持ち主もいた。

けど、おれの目はいつしか美雪を追うようになっていた。

おれの片桐さんへの思いはアイドルにたいして抱くそれと同じで、決して手に入れることのできないものへのあこがれだったのだろう。片桐さんは、たしかに存在しているのだが、現実感が薄い。

美雪は現実感にあふれていた。おれの美雪への思いもまたひどく現実的だった。夢のなかで片桐さんと試したかったあれやこれやは、片桐さんとでは実現しないが、美雪となら実現できそうな気がした。

おれはホワイトデーには、美雪以外の女の子にお返しをしなかった。男のけじめだ。

順調に付き合いを深め、おれと美雪は学年でも公認のカップルになった。二年、三年とクラスは分かれたが、登下校はつねに一緒だったし、休み時間にはしょっちゅう廊下の片隅でささやき合った。それでも、だれにも冷やかされなかった。おれと美雪がいちゃいちゃするようすは、すでに日常の風景になっていたのだ。

おれらは最後までいっていなかった。おれの部屋や美雪の部屋のベッドで丹念に触り合ってはいたものの、おれはまだ童貞だった。

「どうしてもだめか」

おれは美雪に何度も頼んだが、そのたび美雪は、

「ごめん。卒業するまで我慢して」

と、辛《つら》そうに謝った。正直言って、おれは苛立《いらだ》った。美雪を大事にしたい気持ちもあったから、体と心の板挟みになった。

そんなおれを、美雪はある程度救ってくれた。ペッティング技術の向上に努めたのだ。

一部の女の子向けのティーン雑誌が、性のテクニックを懇切丁寧に教えていた。バナナやアイスキャンディーを用いた写真付きの「How to F」という特集記事を読み、美雪は舌の使い方や指でのなぞり方の基礎を学習した。実地で試行錯誤を繰り返し、おれがもっとも気持ちよくなるポイントとパターンを探り当ててくれた。

おれだってがんばった。美雪の反応から察するに、おれは生来そちら方面のテクニックに長《た》けていたようだったが、才能に甘んじることなく、努力を重ねた。コップの水をぶちまけたように濡《ぬ》れたシーツの上で、「もう、だめ」と美雪がぐったりとつぶやいたときの達成感といったらなかった。

「就職するつもりだ」そう告げたのは三年になってすぐだった。

美雪は驚いたようだった。進学しない人がいるなんて信じられない、という表情にも見えた。高校のレベル、家庭のレベル、女の子としてのレベル、どれも「真ん中か、真ん中よりちょびっと上」と考える美雪にとって、大学に進むのは、ごく普通のことだった。

「まー家庭の事情ってやつで」

そう言うと、たちまち、すっかり飲み込んだ、というふうに表情が変わった。

「保育園の頃、新幹線の運転士にちょっとあこがれてたしな」

照れくさそうに付け足したら、何もかも腑《ふ》に落ちたというように、深くうなずいた。

おれが就職しようと考えた理由は、家庭の事情もさることながら、「世間に通用する手形」問題の比重が大きい。美雪には言わなかった。なんとかして「世間に通用する手形」を手に入れたいと思っていると美雪に白状したくなかった。それくらいなら家があまり裕福ではないと打ち明けるほうがマシだ。

東京の鉄道会社を志望したのは、「大都会で自分の力がどこまで通用するか試したいからなんだ」と説明した。まんざら嘘《うそ》ではない。そういう気持ちも、おれのなかのどこかにあった。

美雪は「就職」という言葉を使いたがらなかった。代わりに「働く」とか「社会に出る」と言った。たぶん、進学or就職という二つの進路に横たわる対立軸みたいなもの——ひょっとしたら金持ちor貧乏、明るくて華やかな未来or暗くて地味な未来と言い換えられるのかもしれない——を頭に浮かべ、二人の「差」をなくそうとしたのだと思う。意識的にではなく、ごく自然に。

「これであとは美雪ががんばるだけだな」

内定をもらったとき、美雪に言った。

「ああ、よかった、おめでとう」

けっこう大きめの胸に手をあてた美雪は、

「ほんとはね、落ちればいいのにとか、ちょっとだけ思ってたんだ。それがあたしの本音だと思ってた。でも、いま、分かった。あたしはやっぱり拓郎の夢がかなって欲しいと思ってた。遠く離れても、拓郎には夢を追いつづけて欲しいって」

よーし、あたしもがんばるぞう、拓郎になんか負けるもんか、といくぶん男っぽい口調で笑う美雪を、おれは、心から愛《いと》おしいと思った。

一瞬、新幹線の運転士になるのがほんとうに幼い頃からの夢だったような気がした。そんなこと、美雪に話すまでは忘れていたのに。たぶん、すぐにまた忘れてしまうのに。

おれらは、おれが高校を卒業して暮らす大都会に思いを馳《は》せた。

東京の人は心が冷たいらしいとか、東京には空がないというとかいった普遍的な情報から、スギ花粉症が厄介らしいといった新情報を持ち寄り、心配してはそれを打ち消すパターンの会話を繰り返した。

美雪の短大合格が決まってからは、おれの今後の東京暮らしが会話のメインになった。

おれらがイメージする「東京での生活」は、バブルガム・ブラザーズの「WON'T BE LONG」と、太田裕美《おおたひろみ》の「木綿のハンカチーフ」が混じり合っていた。

「WON'T BE LONG」を聴けば、東京の不良はこっちの不良より断然垢《あか》抜《ぬ》けていて、夜ごと、ビシッとした恰好で最先端のディスコに顔パスで通してもらい、酒を飲み、踊り、外国人っぽい女をはべらせているように思えた。

「木綿のハンカチーフ」は歌詞がおれらの状況とぴったり重なったので、胸に沁《し》み入った。恋人を故郷に残し、都会へと旅立った男が、都会に染まり、変わっていくという曲だ。おれと美雪がそこはかとなく抱く、おれらの今後にたいする不安が、余すところなく描かれていた。

おれらが赤ん坊のときに流行《はや》った曲だったが、懐メロとして幾度も聴いたことがある。とくにおれは、「木綿のハンカチーフ」が流行った頃に生まれた妹が、太田裕美の清楚《せいそ》なムードに魅了されたうちの父親によって、裕美と名付けられた件もあり、よく知っていた。

付け加えれば、おれの生まれた年には、よしだたくろう（現・吉田拓郎）の「結婚しようよ」が流行っていた。僕の髪が肩までのびて　君と同じになったら　約束どおり　町の教会で　結婚しようよフフンフーン。

おれの親はどっちとも、男が髪をのばすのは大っ嫌いだったし、教会で結婚式を挙げることも、「キリスト教でもないのに調子に乗って」と決めつける人たちだったが、母親がこの曲を妙に気に入り、父親の反対を押し切って、おれを拓郎と名付けたのだった。

おれが生まれたのは一九七二年だ。

昭和で言うと四十七年。月日は九月八日。

日付が変わるぎりぎりの時間に産声をあげた。場所は母親の実家の近くにある病院だった。

そのとき、おれの親はどちらも二十六歳だった。ちっちゃな煮豆製造会社の社員と工場パートとして出会い、交際し、おれが生まれる前の年に結婚した。

初産だった母親は、周りから子育てのむつかしさをさんざん吹き込まれ、少しナーバスになっていたそうだ。

うちの母親は、芯《しん》は強いのだが、一見、頼りなく見えるらしく、他人からズケズケものを言われやすい。受け流せばいいのだが、いちいちまともに受け止めるぶきっちょさんだから、しなくてもいい心配をしがちだ。さらにその年に起こった、いずれも名だたる大学に通う学生たちが起こした立てこもり事件やリンチ事件にも強いショックを受けていた。

リンチ事件も連日報道されたらしいが、その発覚のきっかけとなった、立てこもり事件のほうが、うちの母親には衝撃的だったようだ。

学生たち五人が、浅間山荘という保養所に人質をとって十日も籠城《ろうじょう》し、そのようすが連日テレビで生中継されていたという。ことに警察が強行突破する日は、えんえん十時間以上、ライブで中継されたらしい。クレーン車に吊るされた鉄球が山荘の屋根や壁を壊す映像は、おれでも知っている。

そのシーンも強烈だったが、うちの母親の胸に残ったのは、ナントカちゃん、と息子に呼びかけ、説得にあたった犯人の母親の声だったという。

その声はエリート一家の奥さまの声で、うちの母親はそんな声を初めて聞いた。緊急事態なのに、お化粧をしているような声だと感じたようだ。

別世界の人だと思った。もしも自分が犯人の母親だったら、普段はなるべくおさえるようにしている北海道弁丸出しで叱《しか》りつけるだろうと。

あの事件は自分とはちがう世界の出来事で、だから、生まれてくる赤ちゃんはあんな事件の犯人になるような子にはならない、と思おうとしたのだが、やっぱり、少しは怖かった。

そんな母親を励ましてくれたのが、小学校、中学校で二度、同じクラスになった同級生だった。病院で偶然同室になったそうだ。なんと出産したのも同じ日で、しかもどちらも男の子だったというから、偶然がみっつ重なったことになる。

同級生は二度目の出産で、万事、手慣れていたようだ。もともとその同級生は、こどもの頃から、なんでも器用に、そつなくこなすタイプだったそうだ。あらゆる事情に通じているふうで、この世に「分からない」ことなど、何一つなさそうで、少々威圧的な部分があったらしい。ことに、うちの母親みたいに、おっとりした人間には、カサにかかってくるところがあったと言う。

うちの母親はそんな同級生が苦手だったが、ナーバスになっているときには、これ以上頼りになる人はいないと思ったそうだ。

その同級生は東京の女子大に進み、大学卒業と同時に都庁の職員と結婚し、夫の親の遺《のこ》した一戸建てで暮らしていた。もとより自信家だった同級生は、上手な結婚をしたことで、ますます自信を深めていたらしい。

遠慮がちに口にした、うちの母親の心配を、かたっぱしから解決していったそうだ。東京で「奥さま」をやっている同級生の声は、立てこもり事件で息子の説得にあたった母親の声と少しだけ似ているような気がした。

同級生の口ぶりから、息子をとことん甘やかす母親になりそうな気配があった。とにかく息子が名の知れた大学に入ればそれでいいというのが、その同級生の意見だったようだ。

勉強ができればそれでいい、そのほかのことには目をつぶるのと同じだとうちの母親は感じた。その同級生は、あら、東京の「奥さま」はみーんなこうしてるわよ、という顔をしていた、とも。

小学校、中学校は同じでも、ひとは、それぞれちがうものだ、と、うちの母親は感じ入った。

それでも、その同級生の明るさはまぶしかった。持てる者だけが持つ明るさだと、うちの母親は思ったようだ。

「僕の髪が　肩までのびて　君と同じになったら」

学生運動にも、ビートルズにも、ヒッピーにも関心のないうちの母親だったが、なぜかこの曲には心を摑《つか》まれた。なんてチャーミング。長髪は大っ嫌いなのに、よしだたくろうはなんだか嫌いになれない。「あんな人に、あんな歌歌われたらイチコロだよね」と漏らしたことがあった。

よしだたくろうは、うちの両親と同い歳だ。そしてうちの父親は、海苔《のり》を貼り付けたような七三分けで、歌を作るどころか、鼻歌も歌わない。

うちの母親は、自分の旦那を何も持っていない人、と思っていたのかもしれない。自分と同じく何も持っていない者だと。

札幌を旅立つ二日前、おれと美雪は高校生最後のデートをした。

観光客よりも貪欲に、朝から札幌中の観光名所を駆け足でめぐった。羊ケ丘《ひつじがおか》、大倉山、円山《まるやま》動物園、時計台、テレビ塔。昼はサッポロビール園でジンギスカンを食べ、夜は狸小路《たぬきこうじ》の百留屋《ひゃくとめや》で鍋焼きうどんを食べた。

店を出て、あったかくなった腹を抱え、手をつないでぶらぶら歩いた。冬ではないが、春とも言い切れない季節だった。夜の空気は締まりがなかった。黒いは黒いのだが、膨張したような黒さだった。狸小路三丁目から駅前通りへ。目の先にあるネオンがぼやけて見えた。

昼間さんざんはしゃいだおれと美雪の口数は、めっきり少なくなっていた。明らかにかつらと分かる中年男とすれちがったさい、湾岸戦争のときに毎日テレビに出ていた軍事評論家の独特な髪型のことを、ちょっと話し、どこからか聞こえてきた「勇気のしるし」を受け、「拓郎のテーマソングだね」と美雪が言って、「そうだな」とおれが答えたくらいだった。その頃、おれのあだ名は「リゲイン」だった。時任三郎《ときとうさぶろう》に似ていたからだ。

おれは自分の足元と、左右のネオンと、美雪の吐く白い息を順番に見ながら、ただ、歩いた。時折、つないだ手に力を込めた。美雪もすぐに力強く握り返してくれ、そのときだけは、目と目を見交わし、ふっ、と笑った。

気がついたら、すすきのだった。おれも美雪も、夜のすすきのを歩くのは初めてだった。怖くはなかったけれど、どこかの店にふらっと入るのは躊躇《ためら》われた。万が一、ぼられたら、高校生最後のデートの夜が台なしだ。おれはミスドでバイトしていたが、ぼられても平気なほどの金は持っていなかったし、面倒を起こして新聞沙汰にでもなったら就職がだめになる。

行く当てもなく、花火大会みたいに光をあふれさせるネオンを指差しながら、歩き回った。おれらが歩いていたのは、まさしく雑踏だった。酔っぱらっている人たちや、酔っぱらっていない人たちが、他人のにおいを放ちながら、がやがやと、おおぜい、行き交っていた。おれは、いま、美雪と二人きりなんだと思った。

ネオンがとぎれがちになっていき、細い道筋に入っていく。さみしげな界隈《かいわい》だった。

「いい？」

訊くと、美雪はこくんとうなずいた。おれは美雪の手を引いて、目の前にあったラブホテルにさっと入った。ゴールデン札幌だったと思うが、よく覚えていない。どの部屋を選んだのかも、どのようなシステムだったのかも忘れた。心臓はバクバクと音を立てるし、つないだ手は汗びっしょりだった。いったん手を離し、ジーンズで拭《ふ》いてから、急いでつなぎ直した。

行為のあいだじゅう、美雪は静かに泣いていた。痛いのか、と訊いたら、がらりと顔をゆがめ、いっそう泣いた。泣きながら、首を横に振った。

二十年以上も前の話だ。

風が通り抜けていくように、思い出した。

どうやらウトウトしていたようだ。夢だったのかもしれないが、感覚としては、

「思い出した」にとても近い。

台所とリビングを仕切るカウンターのはしっこに置いた白くて四角い時計に目をやる。まだ八時ちょっと前だ。よかった。寝すごしていない。

晩飯は鍋の予定だった。たらちりだ。買い物は仕事帰りに済ませておいた。

今日は泊まりあけだった。家に帰って、風呂に入ってから、少し寝た。起きて、遅い昼飯をとりに出かけ、ついでに商店街をなんということもなく、ぶらついて帰宅。風呂掃除と洗濯を済ませ、ソファで一服した。九時になったら、下ごしらえをしようと思っていた。まだ時間がある。ビールだな。うん、ここはビールだ。

冷蔵庫からビールを出してきて、ソファに腰をおろしつつプルタブを起こしたら、

くしゃみが出て、少しこぼした。やべえ。ちえりに怒られる。

低いテーブルの下からティッシュを抜いて、ソファをこすったり叩いたりした。おれは真剣だった。しみが残ったらたいへんだ。丸みを帯びた布張りのソファはちえりのお気に入りなのだ。

こんなもんかな。まだ濡れているところを触ってから、その手を鼻に持っていった。かすかにビール臭はするが、気になるほどではない。乾けば、消えてしまうだろう。

砂色のソファの背に腕をかけ、足を組み、ビールを飲んだ。真正面のテレビには、バラエティ番組が映っていた。居酒屋やファミレスの人気メニュー上位十品を完食しながら当てていく番組だ。

一人で観るテレビは、だれかと一緒に観ているときより騒々しく感じる。ちょっと笑った。離婚した直後もそう思ったからだ。もう十二年も前になる。

ということは、桜子《さくらこ》は今年十八。娘の歳を、指を折って数え、「そんなになるかぁ」と独りごちた。指を折り直し、何年会っていないか数えてみる。中学校に上がるときに、わりと有名な銀座の洋食屋で昼飯を食べて以来だったので、六年だ。

雅美《まさみ》が再婚したのがたしかその二年前で、と前の妻のことも少し考えた。あいつはおれより八歳上だったから、と歳を数えて、驚いた。来年五十かよ！

ちえりの歳を思い浮かべる。今年二十四歳。おれより十七も歳下だ。一昨年、吉祥寺の飲み屋で知り合い、付き合いが始まった。

入籍したのは去年の暮れで、簡単な披露宴を四月に控えている。入籍と披露宴にタイムラグが生じたのは、ちえりが妊娠しているからだ。

腹はふくらんでいるかもしれないが、安定期まで待ったほうがいいに決まっている。ハネムーンはしばらくおあずけだ。こどもが生まれて、少し大きくなったら、三人でハワイにでも行こうと話している。

新居は青梅《おうめ》にある一戸建てだった。二階建ての四ＬＤＫ。十年くらい前に買った。独り暮らしだったが、家はでかいほうがいい。再婚してこどもができる可能性もあるし。

これといった趣味もないおれには、毎月養育費とローンを払っても、そこそこの預金があった。あくまでも「そこそこ」だが、若いちえりにとっては、けっこうな額と映ったようで、「なんだか、あたし、玉の輿《こし》気分」と可愛いことを言い、張り切って家具を選んだ。

おれは非常に満足した。鉄道会社に就職したのは、いまのこのご時世から考えると、われながら先見の明があったとしか思えない。

給料はすごくいいとは言えないが、ほんの少しだけど、毎年ちゃんと昇給するし、ボーナスだって、まだ年間五カ月以上支給されている。これだけで充分、いわゆる勝ち組だ。加えて、充実した福利厚生。ちえりが「玉の輿」と思うのも無理はない。

インテリアショップに勤めるちえりは、センスがいい。ソファやラックなんかの大物はもちろん、たとえば栓抜き一つ選ぶのでも、妥協しない。ああでもないこうでもないと首をひねって、「あたしにとっての、たった一つ」を探し出す。ちえりに言わせると、だれにとっても「たった一つ」の物があるそうだ。こういうことを言うときのちえりは、愛らしい。柔らかそうな頬がピンク色に染まり、真ん丸い目がくるくると動く。

おかげでおれは、おれの家とは思えないようなシンプルでおしゃれな空間に住んでいる。独り暮らしだったときもシンプルはシンプルだったが、おしゃれではなかった。家具も小物もほとんどみんな、ちえり主導で買い換えたのだった。

こどもが生まれたら、部屋のなかは散らかるだろうが、それはちえりも承知していて、そういう、ちょっとがちゃがちゃした部屋っていうのも、「逆にあったかくていいよね」と言っている。砂色のソファには、赤ちゃんにいつ汚されてもいいようにカバーをかけるのだそうだ。

「その前に、たっくんに汚されちゃうかもしれないけど」

ちえりは風鈴の音みたいな笑い声を立てた。おれも笑った。前の妻も、いまの妻も、おれをたっくんと呼ぶ。頼んだわけでもないのに、同じ呼び方というのが時々無性に可笑《おか》しくなる。

一度会った、ちえりの会社の社長である相野谷さんも、ちえりがおれをたっくんと呼ぶのを聞いて、笑っていた。それはそうだろう。彼もおれと同い歳なのだから。

「ぼくのことも、まーくんって呼んでくれない？」

気さくな相野谷さんはちえりにそう言い、イーダをされて、「だよねー」と愉快そうに表情をゆるめた。

人好きのする人だなあ。おれはしみじみ思った。くだけていながら品があり、愛嬌《あいきょう》もある。育ちのよさがしのばれた。大手和菓子店の次男坊と聞き、合点がいった。どうりでのびのびとしているわけだ。この手の人と対面すると、おれはなんにも持っていないという気分になる。

「Switch of Life」

相野谷さんが経営し、ちえりが勤めるインテリアショップの名前だ。人生のスイッチ、と日本語で思い浮かべた。相野谷さんの押せるスイッチは、おれよりずっと多いのだろう。どの赤ん坊も生まれたときは素ッ裸だけど、すべての赤ん坊が空手とはかぎらない。たくさんのチャンスを握りしめて生まれてくる赤ん坊がいる。

（いやいや、だけど）

おれにだって、それなりの数のスイッチは用意されているはずだ。それにきっと、相野谷さんみたいにチャンスを握りしめて生まれてきた人より、おれの生きてきた道筋のほうが人生と呼ぶにふさわしい。平凡は平凡だが、それでも坊ちゃん育ちよりはデコボコがある。もし同じデコボコでも、それにたいする気持ちの持ちようが、たぶん、ちがう。

ふいに、おれは、いままで何度スイッチを押したのだろうと考えた。

白くて四角い時計にまた目をやった。鍋の下ごしらえに取りかかるまでには、まだ、時間がある。

第二章　タコイカ・タコイカ、ビッグロブ

昭和五十五年（一九八〇年）

おもなできごと

四月	一億円拾得事件発生 松田聖子歌手デビュー
七月	モスクワオリンピック開催（日本など六十七カ国が不参加）
八月	新宿西口バス放火事件発生
十月	山口百恵引退
十一月	予備校生金属バット両親殺害事件発生
十二月	ジョン・レノン銃殺事件発生

●第三一回NHK紅白歌合戦

紅組司会	黒柳徹子
白組司会	山川静夫アナウンサー
総合司会	中江陽三アナウンサー
審査員	九代目松本幸四郎、陳舜臣、木田勇、向田邦子ほか
紅組トップバッター	榊原郁恵「ROBOT」
白組トップバッター	郷ひろみ「How many いい顔」
紅組トリ	八代亜紀「雨の慕情」
白組トリ	五木ひろし「ふたりの夜明け」
視聴率（関東）	71・1％

※ビデオリサーチ調べ

平成七年（一九九五年）

おもなできごと

一月	阪神・淡路大震災発生
三月	地下鉄サリン事件発生
五月	オウム真理教教祖、麻原彰晃こと松本智津夫逮捕
九月	パ・リーグでオリックス・ブルーウェーブが優勝
十一月	野茂英雄がMLBナ・リーグの新人王を受賞

◉第四六回NHK紅白歌合戦

紅組司会	上沼恵美子
白組司会	古舘伊知郎
総合司会	宮本隆治アナウンサー 草野満代アナウンサー
審査員	古田敦也、田村亮子、竹中直人、原辰徳、ジョージ川口、五代目柳家小さんほか
紅組トップバッター	酒井法子「碧いうさぎ」
白組トップバッター	シャ乱Q「ズルい女」
紅組トリ	和田アキ子「もう一度ふたりで歌いたい」
白組トリ	細川たかし「望郷じょんから」
視聴率（関東）	第一部44・9% 第二部50・4%

※ビデオリサーチ調べ

栄人

ぼくが最初のスイッチを押したのは、大学卒業後の身の振り方を決めたときだった。これが「人生のスイッチ」ってやつだな、と初めて意識した。

ぼくの前には二つのスイッチがあった。就職するか、しないかだ。そこに「今」がくっついた。今、就職するか、しないか。

もとよりぼくには社会人になることへの夢もあこがれも義務感も諦めもなかった。いつかは世の中に出ていくのだろうが、たとえば小学校から中学校に上がるような、当たり前のこと、と受けとめる感覚は薄かった。学生の次が社会人ってなんだかちょっと急すぎない？　これが率直な感想だった。もう少し待ってよ。

折しも当時はバブル崩壊後の就職氷河期で、就職は「するか、しないか」ではなく、「できるか、できないか」の状況だった。とりわけぼくがいた文学部は厳しく、こんなことなら高卒で就職すればよかったかも、との自嘲《じちょう》気味な声も聞かれた。当時の大卒より四年前の高卒のほうが大企業に就職できる確率が高そうに見えた。

四年生になってすぐに、ぼくは大学院に進もうと決めた。

過酷な就職活動をするのは気が進まなかった。かといって父のコネでどこかの企業に潜り込む気もなかった。

コネ入社に抵抗があったのではない。そういう形で社員になっても窮屈だろうな、と思った。辞めたくなっても、各方面の顔色を窺《うかが》わなければならない。おいそれとは実行に移せない。不自由である。そしてぼくは自由を好む。

「あーそれはそれでいいかもね」

大学院に進むと告げたら、相野谷が適当に応じた。

経済学部の相野谷は就職活動をしていたが、連戦連敗だった。名も知れぬ中小企業に入るよりはと、結局、実家の大手和菓子店への就職を決断した。

「兄貴が継ぐのは既定路線だからさ、おれはおれで、ゆくゆくは、こうなんか新規事業とか興そうかなーとか思って」

相野谷はやる気いっぱいだった。面白くなってきたぜ、と武者震いしているようだった。

「逆にチャンスだな、と。一介のサラリーマンだったら、こうはいかないじゃん。やっぱおれって雇われるより雇う側なんじゃないかな、そういう巡り合わせなのかな、と」

「ポジティブだね」

「そうなんだよね」

吉祥寺の居酒屋でビールを飲みつつ笑い合った。相野谷の押したスイッチは、すごくいいやつみたいだった。消去法で押したスイッチなのにね、と、消極的な理由でスイッチを押したぼくは思った。

ぼくがイメージするスイッチは鉄道でいうと分岐器だ。ターンアウトスイッチ。線路を分岐させ、電車の進む道を選ぶシステム。つまりスイッチを押すとは、ぼくがどの道筋を進むか決めること。それを繰り返して、自分だけの地図ができる。経路と言ったほうがいいかもしれない。最終地点までの道順だ。だが、そのとき選択しなかった道筋——それぞれ枝分かれしている——も、ぼくの地図には載っているような気がする。恐ろしいほど細かく、複雑な地図だ。そのなかで、ぼくの選んだ道筋には矢印が書き込まれていて、現在地が赤くマーキングされている。

「人生のスイッチ」と言うと少々大げさだが、生きていくということは、毎日のとてもちいさな選択の積み重ねだとは思っている。

たとえば朝何時に起きるかとか、パンにするか、ごはんにするかという話で、パンだとしたら塗るのはイチゴジャムかマーマレードかピーナッツバターか、ピーナッツバターだとしたら、スキッピーかソントンかアヲハタか、はたまたデキシーか帝国ホテルのかと、ぼくらは際限なく選択を繰り返す。

すなわち、ぼくらの「今」は大小とりまぜた数かぎりない選択の結果なのだ。

大抵は取るに足りない、選択と呼ぶのも憚《はばか》られるようなちっぽけなものばかりだが、塵《ちり》も積もればなんとやらで、「結果」はゆっくりとちがってくる。

もちろん、たった一つの選択で、人生が変わることもあるだろう。ことに功成り名を遂げた人物には、そのような「たった一つ」の選択をおこなう機会が必ず訪れるらしい。

新橋で相野谷が口にした「人生のスイッチ」は、後者の意味合いが強そうだった。

相野谷の言うスイッチとは、たぶん、チャンスというもの。俗に言う前髪しかない神さまが不意に現れるというね。単なる道筋ではない。

はた、というふうにレジカウンターを振り向いた。

ちえりちゃんが気怠《けだる》そうにショッピングバッグやリボンシールなんかの備品のチェ

ックをしている。もともと、ぽっちゃり気味だったので、お腹はまだそんなに目立たない。言われないと気づかないくらいだ。

ところが、ちえりちゃんは頻繁にお腹に手をあてがってみせたり、臨月に入った人のように肩で息をしてみせたりして、妊婦アピールする。彼女は自分が妊婦であることが嬉《うれ》しくてならず、また誇りに思っているのだろう。結婚することも、彼女の嬉しさや誇りに含まれているにちがいない。最高にしあわせなんだね。ぼくは蓋《ふた》の取っ手がトマトのへたを模している真っ赤なシリコンスチーマーの向きを微調整した。

「Switch of Life」に採用され、職場の先輩後輩としてちえりちゃんと顔を合わせたのは一月前だが、出会ったのはそれよりずっと前だった。

たしか、一昨年。ちえりちゃんはまだ二十歳《はたち》だったか二十一だったかで、あこがれだったインテリアショップの店員になれて、「我が世の春」という感じだった。

ふくよかなほっぺたはチークを入れなくてもバラ色に輝いていたし、まぶたも同じ色に染まっていた。真ん丸い目をくるくると動かし、柔らかそうな唇を甘やかに開けたり閉じたりしながら、今後の抱負を語った。そのようすを同席していた相野谷が舌なめずりしそうな表情でながめていた。

できてるな、と確信した。

「飯でも食おうぜ」と相野谷から連絡が入ったときから、そんな予感はあった。以前にも同じことがあったからだ。相野谷から突然飯の誘いがあって、のこのこ出かけたら、若い女の子が彼女気取りで相野谷の隣に座っていたのだった。

実家の大手和菓子店の取締役に兄貴とともに名を連ねていた相野谷は、実家の経営は兄貴にまかせ、学生時代の宣言通り新規事業に力を入れていた。都内に開店したインテリアショップを成功させ、二号店の準備に入っていた。チェーン展開に乗り出そうかというところだった。

三十歳のときに結婚した妻は、元某女子大の準ミスで、元キャビンアテンダント。学生時代は『JJ』の読者モデルだった。男女二人のこどもに恵まれた現在は、相野谷ともども、たまに『JJ』系列の奥さま雑誌に登場する。

誌面では妻にネクタイをしめてもらったり、こどもを親にあずけて夫婦水入らずで食事を愉しんだりする、とってもすてきな相野谷がカラーページで紹介されているのだが、裏では自分の店の女の子とよろしくやっていたというわけだ。

バブル的というか、中小企業の社長的というか、とにかく。相野谷は人生をエネルギッシュに謳歌《おうか》していた。前近代的な「男の甲斐性」を、あくまでも自分の生活圏内で実践していた。

ぼくの知るかぎり、ちえりちゃんは相野谷の二人目の愛人だった。なかなか野心的な女の子に見えた。

「だれにとっても『たった一つ』の物があると思うんですよね。そのとき、物は物じゃなくなるっていうか。ある意味、物ってその人自身なんですよ」

よくある意見をとうとうと述べ立てた。ぼくは適当にうなずいて前菜代わりのアラカルトに専心していたのだが、気づいたら、「一期一会だね」と相野谷とちえりちゃんが、うっとりとうなずき合っていた。「出会いって不思議だね」みたいな。

ピロートークっぽい湿ったムードを醸し出していたのは相野谷のほうで、ちえりちゃんは「仕事」の雰囲気をくずさなかった。くずさないばかりか、ちょっとやりすぎなんじゃないかなというほど堂々としていたし、自信に満ちあふれていた。二号店に採用されたばかりの新入社員というよりは相野谷の対等なビジネスパートナーのようだった。

そのくせ、時折、ついうっかりしちゃった体《てい》で、相野谷を「まーくん」と呼んだ。するとと相野谷はついさっきまで濡れた空気を自ら発散していたにもかかわらず、「おい、よせよ」というふうにちえりちゃんをそっと小突き、「しょうがないなあ」と「いやー参った参った」の中間くらいの目つきを作って、横目でぼくを見た。

（まーどうでもいいけどさ）

うまくやってくださいよ。そんな心持ちでぼくは和装ウエイトレスが上手に灰汁取《あくと》りをしてくれた高級なしゃぶしゃぶに舌鼓を打っていた。そのときのちえりちゃんにたいする印象は、相野谷込みで事業を狙っている女の子、だった。公私ともに相野谷のパートナーになりたいんだろうな、きっと。

一人目の愛人同様、どうというところのない女の子だった。可愛いと言えば言えるが、際立つものはない。容姿だけでなく、能力にもとくに優れたところはなさそうだった。

ちなみに一人目の愛人は一号店（のちの本店）の店長になった。相野谷がちえりちゃんと付き合い始めたのを察知して別れ話になり、退職したようだ。

「や。あのときはそんな揉めなかったよ」

相野谷がすっかり白状したのは、去年の十二月だった。ぼくを社員にと誘ったときだ。

「でも、ちえりは辞める気ないみたいで」

なんか結婚するんだってさ。できちゃったかもしれないとか言ってた。そう頭を掻いた相野谷は軽く憮然《ぶぜん》としていた。

「別れたんだ？」

訊くと、

「なんか自然に？」

と答える。場所はやはり銀座のしゃぶしゃぶ店だった。長らくフリーターをつづけていたぼくがこんな高級店に入れるのは相野谷に誘われたときくらいだ。肉も旨《うま》いが、カニとアボカドのサラダも旨い。

「ていうか、いきなり『結婚しますから』ってね。切り口上でさ」

「二股かけられてたんだ？」

「三号店の女の子とおれが怪しいとか、ワタシってまーくんの都合のいい女だよねとか、いろいろ文句言ってたけどな」

ちえりちゃんは煮え切らない上に不実な相野谷に愛想をつかした模様である。

「や。でも、そんな揉めなかったよ」

相野谷が一人目の愛人との別れと同じことを言った。

「そういうときってさ、お金とか払うの？」

興味本位で訊《たず》ねたら、相野谷は、「まあ、ちょっとはね」と言葉を濁した。退職金をはずむとか、結婚祝いをはずむとか、その程度だそうだ。

「三号店の女の子とは？」

とくに興味はなかったが念のため訊いたら、

「ちえりの邪推だよ」

相野谷は、ひひじじいというか、歌舞伎役者が花道で見得を切るようにというか、そんなふうな顔つきでにやりと笑った――。

（ええっと、なんだったっけ）

三号店の女の子と、ちえりちゃんの結婚相手のどちらに思いを馳せようか迷ったが、ぼくがふけっていた物思いの中心は、そういうことではなかったはずだ。腕時計を確認してみる。閉店まであと三十分と少し。

ああ、そうだ。初めて意識した「人生のスイッチ」だ。ゆっくりと「結果」が変わっていった最初の大きな選択。大学院に進んだ年を思い出してみよう。合格しやすそうという理由だけで選んだはいいが、就職に有利でなかったばかりではなく、ちっとも興味の持てなかった社会文化論を専攻した年のある夜の出来事だ。

一九九五年だった。平成七年。

この年から、ぼくはこずえちゃんとたまに食事するようになった。

高校時代に付き合っていたこずえちゃんとはフェードアウト後、しばらく会わなかった。共通の知人がいたので、近況は耳に入っていた。よその大学のサークルに入り、そこでできた恋人と別れたとかまた別の男とくっついたとか、そういう話だ。

ぼくだって大学時代にはデートの相手くらい二、三人いた。だが、付き合うまではいかなかった。帯に短し襷《たすき》に長し。どの子もそれぞれ可愛かったし、付き合ってもいいわよという空気を、もったいぶった目の伏せ方や、帰り際の態度に託して発散していたけれど、乗れなかった。

好きか嫌いかでいえば、どの子も嫌いではなかった。ぼくのほうから仕掛けるほどの熱意が湧いてこなかっただけだ。どの子もぼくが安心して積極策に出られるようなムードを醸し出そうとしなかった。ぼくのことがすごく好き、という光線をびしばし発してくれれば対応したんだけど。

高校時代のこずえちゃんみたいに世界で一番ぼくが好き、という姿勢を示し、つらぬいてくれたら恋人になれるのにな、といつも思っていた。「きみはぼくのことが世界で一番好きで、ぼくはそんなきみが好きだよ」というただそれだけでずっと付き合えたらいいのに。

別にすごく恋人が欲しいわけではなかった。恋人同士になったらなったで煩わしいと、こずえちゃんとの付き合いで知っていたから。

女の子とのことを考えるとき、ぼくはしばしばこずえちゃんとの顛末《てんまつ》を思い出した。こずえちゃんとの付き合いは、時間が経つにつれ、ぼくのなかでコツンと硬いしこりになっていた。軽い気持ちで女の子と付き合えなくなっていたのだ。だからと言って、しゃっちょこばった気持ちで付き合うのも趣味ではなかった。

とにかく、数年ぶりにこずえちゃんから最初の連絡があったのは、その年の一月だった。阪神大震災から幾日か過ぎていた。

「あたしが会っておきたい人ってだれなんだろう、って考えたら、栄人くんが真っ先に浮かんだの」

とのことである。ひとまずは光栄だった。だれだって、だれかの「会っておきたいリスト」に載っていたら嬉しい。

ほんの少しだけ尻の据わりが悪かったのは、こずえちゃんが、あの大きな被害をもたらした災害にかこつけて、ぼくにコンタクトを取ってきた点だった。

「かこつけて」まではいかないかもしれないけれど、ある日突然途方もない災いに直面してしまった人たちや、二度と元通りになんてならないんじゃないかとさえ思えるほど壊滅状態になった街をテレビで観て、あっけなく「その気」になった印象を持った。安全な場所にいて、ひどく叙情的に、なおかつふんわりと、もしも自分が当事者だったら、と考えちゃったんだろうな、たぶん。

「なんかすごく怖くなっちゃって」

フレーズごとにためをつくり、こずえちゃんは噛《か》み締めるようにこうつづけた。

「あたしたちが普通にくると思っている明日は、そんなにたしかなものじゃなかったんだな、って。ううん、明日っていうか、今日も。なんでもない一日ってすごく貴重なんじゃないかな、って。大事にしたいな、って」

ショックは受けていたようだったが、食欲はさほど落ちていなかった。場所は新宿西口の清潔なフレンチビストロ。注文したのは、前菜、メイン、デザートのプリフィックスメニュー。こずえちゃんは、すべて、きれいにたいらげた。

次に会った三月のときには、多少残した。一月とはちがい、「当事者」になりかかったショックが大きかったのだと思う。

地下鉄サリン事件が起こった日の夜だった。夕方、連絡があった。ぼくは家にいて、事件のことは知らなかった。軽度の花粉症ゆえ鼻水を啜《すす》りながら、部屋で本を読んでいた。『フォレスト・ガンプ』だ。先週映画を観て、原作も読んでみる気になったのだ。

そこに、母から「電話よ」と声をかけられた。リビングに降り、受話器を取ろうとしたら、「こずえちゃんから」と母が含み笑いするので、折り返す旨伝え、いったん電話を切った。モジュラージャックを抜き、電話機を持って二階に再び上がった。部屋の差し込み口に入れ、まだ覚えていた電話番号を押した。「あ、こずえちゃん、さっきはごめんね」か何か言ったら、こずえちゃんは、「……あたし、……あたし」と震え声で繰り返したのち、わっと泣き出したのだった。

「もうちょっとで死ぬところだったの」

前の晩、飲み会で遅くなったこずえちゃんは、終電を逃し、中野坂上《なかのさかうえ》の友人のコーポに泊まったそうだ。翌日、バイトがあると言うその友人とともに、朝七時少し過ぎにコーポを出て、中野坂上から丸ノ内線に乗った。荻窪《おぎくぼ》で中央線に乗り換え、八王子の実家に帰ったらしい。

こずえちゃんが丸ノ内線でサリンが散布されたと知ったのは、家でひと眠りし、ゆっくりと入浴したあと、「強い気持ち・強い愛」を聴きながらファッション雑誌をぱらぱらとめくっていたときだったようだ。事件そのものもショックだったが、中野坂上で被害者が出ていたことにより強い衝撃を受けたらしい。あと一時間友人のコーポを出るのが遅かったら、確実に巻き込まれていた。

友人がファミレスだったかコンビニだったかでバイトしていて、おまけに早番シフトに入っていたから助かった、という「幸運の連鎖反応」を、その夜、こずえちゃんは、新宿西口の清潔なビストロでながながと語った。

「ほんとはね、飲み会でちょっといい感じになった人がいて、その人に誘われたんだけど――」

そう付け加えるのも忘れなかった。

「ムードに流されて、ついていかなかったご褒美を神さまがくれたような気がする」

そこまで言われると、ぼくとしては、しらけざるを得なかった。九死に一生を得た体験直後で昂《たかぶ》っているのは分かるが、どうもこずえちゃんには、隙あらばヒロインになろうとする傾向があるようだ。

彼女のなかで、「事件」は脇役にすぎない。大事件であればあるほど、主人公である自分を引き立てる装置になる。あるいは、装置として「使える」、とごく自然に考えてしまうようだ。

女の子らしいと言えば言える。でも、それってどうなのかな。もちろんぼくだって、こずえちゃんが事件に巻き込まれ、帰らぬひとになったケースは想像しかけた。でも、実際、こずえちゃんは事件には巻き込まれなかったし、前菜、メイン、デザートと尻上がりに食欲を盛り返していた。起こらなかった「最悪の事態」などわざわざ想像しなくてもいい。

「やっぱり、なんでもない一日ってすごく貴重なんじゃないかな、って思う」

その日の結論めいた科白《せりふ》も一月とおんなじだった。

「うん、なんでもなくてよかったよね」

ぼくの言葉はほんの少し冷たくなったかもしれない。すると。

「……そりゃ栄人くんにとってはどうでもいいかもしれないけど。あたしたち、もうとっくに別れてるし」

味のなくなったガムをくちゃくちゃ噛むようなことを、こずえちゃんは言い出した。

「そんなことないよ。こずえちゃんに何かあったら、もう二度とこうして会えないんだし。ていうか、別れたからってそれっきりになるのって、寂しくない？」

――ぼくら、だんだん、いい友だちになっていくよね。なんとなく支払いを持ったぼくは、会計を済ませたあと、そう言って、店の外で待っていたこずえちゃんの肩をそっと抱いた。

一月のときもそうだったが、こずえちゃんからは、よりを戻したいというムードが濃厚に立ち上っていた。ぼくのほうには付き合いを復活させる気がなかったので、やんわりと釘《くぎ》をさしたのだった。

元の鞘《さや》におさまる気はなくても、呼び出されたら出向くのは、そうしないとこずえちゃんに恥をかかせるような気がするからだ。それに、こずえちゃんの声を聞くと、胸のなかの硬いしこりが、かすかにうずく。

四月に呼び出されたときも機嫌よく会いに行った。地震がくるとか新宿でテロが起こるとか言われた日だ。

「もしかしたら、今日が最後の日になるかもしれないじゃない？」

「まさか」

ぼくはすかっと笑って、こずえちゃんの杞憂《きゆう》を吹き飛ばしつつ、こずえちゃんの提案する「ひょっとしたら最後の晩餐《ばんさん》になるかもごっこ」にお付き合いした。

「人生最後のごはんは、やっぱり、気心の知れた男友だちと一緒に食べるのがいいと思うの」

恋愛感情を持っている人とだと疲れちゃうもん、最後のごはんのときまでそういうのはちょっと、とこずえちゃんは普段より大きめに切り分けた仔《こ》バトのローストを頬張った。

「栄人くんといるとすごく楽。自然体でいられる」

口のなかに肉片を詰め込んだまま、そう言った声は低く、いやにさばさばしていた。少々の甘さはまだ残っていたが、隠し味程度だった。

ぼくとこずえちゃんはスタートしたばかりの互いの新生活について話し合った。こずえちゃんは、大手町にある商社に就職していた。伯父上がそこの重役だというから、コネ入社だ。こずえちゃんは、得意そうでもなかったし、気が引けているようでもなかった。まあ、たしかに、しなくてもいい苦労はする必要がない。

「栄人くんとあたしって似たとこあるよね」

こずえちゃんがざっくばらんな調子で言ってのけたのは、ぼくが大学院に進んだと報告したときだった。

「ただ、あたしのほうがちょっと現実的ってだけ」

「そうかな？」

「あたしのほうが栄人くんよりかは現実と向き合っていると思うよ？　即しているっていうか、分かってるっていうか」

そうかな？　ぼくは微笑してうなずきつつも、納得はしていなかった。こずえちゃんの地図はきっと単純なんだろう。選んだ道筋を表す矢印も黒々と太いんだろうな。そんな雑な地図の人とぼくは全然似てないと思うんだけど。

その後およそ三カ月、こずえちゃんから連絡がなかった。四月に食事したときに、ほんのちょっと気まずいムードになったので、もうお呼びはないんだ、と思いかけた矢先、電話がかかってきた。七月六日だった。

「久しぶり？　元気だった？」、「久しぶりだね、そっちはどう？」。浅瀬で泳ぐような会話を意味なく笑いながらつづけたあと、こずえちゃんが切り出した。

「ねえ、明日、会えない？」

「明日？」

「だって、七並びの日じゃない？」

何がどう「だって」なのか分からない、というのは嘘で、ぼくは、こずえちゃんの言わんとすることをすぐに察した。翌日は平成七年七月七日だった。ぼくらが食事する口実として「あり」か「なし」かと言えば、「あり」だろう。

「――栄人くんて、ずっと彼女つくらなかったでしょ」

「ラッキーセブンが並ぶと、それだけでいいことが起こりそうな気になるよね」という導入部から、「最近いいことあった？」という話になり、いつのまにか話題が恋愛に移っていた。

「いえいえ、モテなかっただけですよ」

「またまたー」

こずえちゃんは話にならないというふうに、ぼくの発言をあしらった。

「で？」

と皿を片してテーブルに腕を載せ、身を乗り出す。目が、とろんとしていた。その夜のこずえちゃんはワインをけっこう飲んでいた。

「ほんとにモテなかっただけなんだけどね」

椅子の背に体をもたせかけ、ナプキンで口元をぬぐったぼくを見て、こずえちゃんはお尻をもぞもぞと動かした。獲物を見つけたライオンがスタートダッシュをかけようとしているようだった。

「栄人くんはさ、基本的に『待ち』の人じゃない？　自分からはいかないじゃない？　始めるのも、終わるのも。全部、相手に委《ゆだ》ねるじゃない？　決めたのはきみだからね、って相手のせいにしちゃうじゃない？　恋愛だけじゃなくて。なんか全部、他人事《ひとごと》にしちゃう感じがする」

勝手だよね、まで一気に言って、グラスをひっさらうようにして持ち、赤ワインをどくどくと喉《のど》に流し込んだ。

「あれ。こないだは、ぼくら、似た者同士みたいなこと言ってなかったっけ？」

こずえちゃんを指差してから自分の胸元を指差し、ぼくは落ち着いた声で応戦した。

「あたしだって勝手にしたいけど、相手が栄人くんだと、どうしても泥をかぶるほうに回っちゃうの」

「泥って……」

「栄人くんて、てこでも動かない雰囲気出すし。頑固だし」

「頑固？　ぼくが？」

目を丸くしたら、

「優しいけどね」

とこずえちゃんはここで声音を少し落とした。優しいんだけど。

「でも、それは相手に合わせているだけなんだと思う。失礼がないように。でもでもそれは、自分が相手より優位に立ってるって思うからで。ていうか、栄人くんは、どんな人にたいしても、その人のこと、ほんの少しばかにしてる。人だけじゃなく、なんか、手当たり次第って感じで。もう世の中とかそういうの？」

こずえちゃんの糾弾はまとまりがなかった。酔いにまかせての発言なのだろう。

いくら自然体でいられて楽だからといって、あの可愛いこずえちゃんが面と向かってぼくを非難するなど信じられなかった。恋人同士だった頃の恨みや愚痴を今さら持ち出されても困る。それ、終わったことでしょう？　ぼく、言ったよね。これからは友だちだよねって。でも友だちだからって、何を言ってもいいわけじゃないよね。それに、ぼくは、きみの都合だけで、大した理由もなく呼び出されても嫌な顔ひとつせず、毎度付き合ってるじゃない？　三月から支払いもぼく持ちだよね？　まー別にいいけど。うん、ほんとどうでもいいけど。

「分かるよ」

ぼくはなるべく穏やかにこずえちゃんの意見を肯定した。

「言いにくいことを言ってくれて、ありがとう」

「いや、だから、そこ」

そういうとこなんですよねー、問題は、とこずえちゃんは首筋をばりばりと掻いた。

「栄人くんてさー、とりあえず、その場をおさめる方向に行きたがるよね。とりあえずのひとだよね。とりあえずマン」

ぼくははっきりと酔っぱらいに絡まれている、と自覚した。こずえちゃんの声は大きくなっていて、周りの客たちがこちらをちらちらと見ていた。

「ちょっと外の風にあたろうか」

ね、そうしよう。静かに椅子を引いて立ち上がり、ぼくはこずえちゃんの腕を取った。店のひとに頭を下げながら、こずえちゃんを入り口から出たところに立たせ、会計を済ませた。こずえちゃんがワインをたくさん飲んだから、いつもより高かった。「もうすぐボーナスが出るから、今夜はあたしが奢る」ってこずえちゃんが言うから安心していたのに。

新宿駅までの短い距離をこずえちゃんの手を引いて歩いた。きっぷを買ってあげ、失《な》くさないでね、と握らせ、中央線の改札まで送った。別れるとき、こずえちゃんはまたぼくの手を取った。今度は両手だった。つないだ手を波のように揺らしながら、言った。

「栄人くんはね、きっと、自分から『あそぼう』って言えなかった子なんじゃないかな」

ふむ、と少し考えた。まぶたの裏を一瞬、真っ黒に日焼けした男の子の顔がよぎったが、押しのけて、答えた。

「そういう性質ではあるかもしれないね」

「そうだよ。こどものときから、だれかに声をかけられるのを待ってたんだよ。あそんでもらうより、あそんであげるほうが、気分がいいから」

顎を上げ、ふふーん、と笑って、こずえちゃんはぼくの手をせっせっせをするように上下させてから、ぱっと離した。

「じゃあね」と踵《きびす》を返し、「またね」と一度振り返ってから、さっそうと改札を抜けた。ぼくの手のひらには、こずえちゃんに握られたときにあたった電車のきっぷの角のわずかな痛みが残った。

（ああ、疲れた）

まさしく「やれやれ」の気持ちだった。

京王線の乗り場まで歩きながら、今後、こずえちゃんとどう付き合っていけばいいのか考えた。男女に関係なく、ずけずけとものを言う人がぼくは苦手だ。いくら酒に酔っていたとはいえね。そもそも酔っぱらいに絡まれるのも御免だし。ちっとも愉しくない。

次に連絡があったら、そのとき決めればいいさ。うん、それでいいや。疲労感と徒労感に首まで浸《つ》かったようで、その件については、もう、考えたくなかった。不愉快だった。そこで、さっき一瞬まぶたの裏をよぎった「真っ黒に日焼けした男の子」との懐かしい思い出を広げた。

夏休み。母と姉との三人で、札幌に行った。近所の公園で出会った男の子とふたりであそんだ。いかにも腕白坊主という感じの、けんかの強そうな男の子だった。たしか小学校二年生だった。だから一九八〇年だ。あのときは、ぼくから声をかけた。

拓郎

夏休みはよく市内のばあちゃん家《ち》に行った。母親のほうのばあちゃんだ。じいちゃんは、おれが生まれる前に死んでいた。

独り暮らしだったばあちゃんは、おれがあそびに行くと、大歓迎してくれた。やれ明治クリームキャラメルだ、ビスコだと、ばあちゃんの考える「こどもの好きそうなもの」がどっさり出てきた。おれの好きなベビースターラーメンは出てこなかったが、黙っておいた。一度リクエストしたことがあるのだが、「覚えられない」といってチラシの裏にメモ書きしようとしたばあちゃんを見て、申し訳なくなったのだ。

ばあちゃん家は八軒《はちけん》で、おれの家は新川《しんかわ》だから、わりと近くだった。バス一本で行けた。だが、幼かったおれにとって、ばあちゃん家に行くのは「遠出」だった。バスのステップによいしょ、と足を載せるときは、旅立つという気分になった。「あばよ」と住み慣れた街から姿をくらます流れ者になった感じがした。

裕美を連れていくときは、責任感ではちきれそうになった。初めて裕美と一緒に出かけたのは、小三のときだった。裕美は五歳。おれはまるで母親みたいに「裕美、よそ見しないの！」と何度も注意しなければならなかった。あるいは、べそをかいた裕美の前にしゃがみ込んで視線を合わせ、「ね、お兄ちゃんの言うこと聞いて。いい子だから」と猫撫で声で機嫌を取ったりしなければならなかった。小四×六歳、小五×小一と楽になり、ふたりきりでばあちゃん家に行ったのは、小六×小二が最後だった。以降、おれは自転車で行くようになったし、裕美もそれまでみたいに「お兄ちゃん、お兄ちゃん」とまつわりつかなくなった。

ばあちゃん家に行ったら、まず、おやつをもりもりと食べながら、ばあちゃんからの質問に答えた。内容は、要は「元気でやっているか」なのだが、ばあちゃんの訊き方は回りくどかった。

だが、おれは年季の入った革張りのソファ——後ろの下のほうには補修用としてガムテープが貼ってある——にあぐらをかいて、ひとつひとつ、ちゃんと答えた。

ばあちゃん家は、ばあちゃんともども、カサカサした耳垢《みみあか》と埃《ほこり》が混ざったようなにおいがした。そんななか、ちょっとだけ古くさいお菓子を食べつつ、にこやかにくどくどと話しかけるばあちゃんと顔を合わせていると、おれは、たまに胸がいっぱいになった。ものがなしいような、あったかいような感情がこみ上げ、油断すると泣きそうになった。

おれは、いつも切りがいいところで、ばあちゃん家を飛び出した。行き先は近所の公園だった。公園とは名ばかりのだだっ広い空き地だった。おれの記憶に残っているのは、どーんと大きなタコのすべり台とひょうたん形の人工池。池にはクジラの像があり、夏のあいだは水あそびもできた。

あいつに会ったのは、人工池のほとりだった。

たしか、おれがまだ裕美を連れていかなくてもよかった年。だから、小二だ。つまり、一九八〇年、の、夏休みだった。

「何してるの？」

「うわ、ビックリした」

気がつくと、あいつはおれのすぐ隣にまで接近していた。

おれは人工池のふちに靴を置き、そのなかに靴下を突っ込んでおいて、池に入って水を蹴飛ばすのに夢中になっていた。あいつも裸足《はだし》になって、池のなかに入っていた。背はおれと同じくらいだったが、色が白くて、ひょろひょろしていた。

「もしかして、たたかってる?」

と耳打ちしてきた。まあな、とおれはひときわ激しく水を蹴った。ちょっと照れくさかった。あいつの言うように、おれの頭のなかには、巨大生物と死闘を繰り広げるシーンが繰り広げられていた。攻撃するだけでなく、ときには、巨大生物側に立って反撃しなけりゃならないし、すると、こっちはダメージを受けなきゃならないしで、大忙しだった。

「かいじゅうとかと?」

「そういう、くうそうの生き物じゃない」

とつぜんへんいだ。おれは、「タコとイカが結婚してうまれたこどもがある日突然巨大化したのだ」とあいつに教え、

「きょうふのししゃ、タコイカ・タコイカだ」

と巨大生物の名を告げた。タコのすべり台を横目で見た。クジラの像もちらりと見て、タコとクジラのこどもより、タコとイカのこどものほうがパンチがある。

「……うーん、ロブスターとカニのこどもが巨大化したほうがきょうぼうなんじゃないかな」

タコイカ・タコイカはずうたいは大きくても、あたまわるそうだし、とあいつはな

かなか冷静に異を唱えた。

「でも、タコイカ・タコイカは足が百本もあるから、どんなものにでもまきつけれるし、しめつけれる。たまにすみもはく」

おれはあいつの目を見て言った。あいつは野球帽の下からまぶしそうに細めた目でおれを見返した。

「こいつだったのか」とそのときおれは思い当たった。さっきから視線を感じていたのだ。はっ、と視線の先をたどっても、なぜか見つけられなかった。だが、おれの感じた視線は、目の前のこいつの、まぶしそうに細めた目から発したものだった、と確信した。

「じごくのモンスター、ビッグロブの武器は巨大なはさみなんだよ。なんでも切れるあと、ぼうぎょ面もすぐれている。からがかたいから」

「へえ、ビッグロブ?」

ロブスターの「スター」も「カニ」もついてないけど? おれは揚げ足をとってやった。あいつがなにかとても賢そうなことを言った気がしたので、へこませてやりたかったのだ。

「ほんみょうはロブスターカニ・ロブスターカニで、ビッグロブはあだな」

「そういうことか」

「そういうこと」

あいつはにっと笑い、おれもへへっと笑った。そして、おれらは、どちらかが言い出したわけでもないのに、同じタイミングで人工池を上がった。靴を持ち、裸足のままぺたぺたと歩き、腰をおろした。おれはあぐらをかき、あいつは足を放り出した。

「ジュース飲みたいひと！」

訊いたら、あいつは首を横に振った。

「ばあちゃんからおこづかい、もらったんだ」

おれは半ズボンのポケットを叩き、金ならあるんだぜ、とあいつに示唆した。遠慮すんなよ。

「まだ、そんなのどかわいてないし」

そう言ってから、あいつは、

「でも、のどかわいたときは、ジュースじゃなくて水を飲んだほうがいいんだって」

と野球帽をかぶり直した。

「なら、いいけど」

言いながら、おれは後ろ向きにしていた野球帽をもとに戻した。

「おなじだな」

とYGマークを指差した。「うん、おなじだ」と言いつつ、あいつは、

「でも、ジャイアンツのほんきょちは東京だから」

と、いやに涼しげな顔で念を押した。

「知ってるけど、それくらい。でも円山でしあいをするときは、円山がほんきょちだし」

「まるやま？」

「知らないの？」

あいつは首をひねった。

「後楽園ならたまにいくけど」

「こうらくえん？」

そこでおれはあいつが東京からやってきたことを知った。東京のこどもをじかに見たのは、そのときが初めてだった。あいつも北海道のこどもと話をしたのは初めてらしい。

「いつか話してみたいなあ」と思っていたのだそうだ。言葉が通じるかどうか試したかったらしい。

その気持ちはよく分かった。同じ日本語を話すと知っていても、おれも、東京のこどもと言葉が通じるかどうかうっすらと疑問だったからだ。方言の問題ではない。たとえば、同じものを見ても、青い目のひとと、おれとでは、ほんとに同じように見えてるのかな、となんとなく疑問に思う感覚に近い。東京のこどもは、おれにとって、ちょっとした異国人だった。

話すうちに、共通点が増えた。あいつは、おれと同い歳だったし、さらにあいつは母親のほうのばあちゃん家に泊まっていた。

「おれもばあちゃん家にあそびにきたんだ」

おれはからだをあいつに向け、勢い込んだ。

「おなじだな！」

だが、あいつは、「自分は、でも、東京から飛行機に乗ってやってきた」ということを強調した。遠さがちがう、と言いたいようだった。盛り上がった気持ちを共有できず、おれはちょっとがっかりしたが、すぐに立ち直り、こう話した。

「飛行機、乗ったのか！」

「乗ったけど？」

あいつは、きょとん、とした顔つきでおれを見た。おれは少しだけしゅんとした心

持ちになり、うつむいた。「飛行機くらい、たいしたことないな」と独り言をつぶやいてから、

「ロケットっていうんなら、べつだけどな」

とあいつを見ずに言葉を放った。

「ロケット！」

あいつは、あいつにしてはテンションを上げ、「ロケット」と繰り返した。後ろ手をつき、顔を空に向け、こう言った。

「スペースシャトルに乗りたいなあ」

「ス？」

「ペースシャトル。知らない？」

おれが黙って首を横に振ったら、「そっか」とあいつはちょっぴり拍子抜けしたようすだった。おれも「スペースシャトル」を知らなかった自分にちょっとだけ失望した。どうもあいつは話すたびにおれをがっかりした気持ちにさせるようだ。逆に、おれは、話すたびに、あいつをがっかりさせるような気がした。

いつしか会話が途絶えがちになり、あいつが「帰る」と言い出した。おれも「帰る」と歩調を合わせた。最後の会話は以下の通りである。おれにはどうしても気にな

ることがあった。

「ロブスターってなに？」

「エビ」

(なあんだ、エビかあ)

あのときの気持ちを思い出し、おれはひとりで笑った。

ソファから立ち上がり、二本目のビールを取りに行く。行きがてら、白くて四角い時計を確認した。ちえりが帰ってくるまであと三十分かそれくらい。

(そろそろ下ごしらえをしたほうがいいな)

ビールを諦め、おれは冷蔵庫から野菜を取り出した。調理台の奥のほうにどさどさと載せて、手前にまな板を置く。シンク下から新品のステンレス製パンチング水切りざるを出した。もちろん包丁も扉の裏のケースから抜いた。まず春菊をざくっと切る。

録《と》りだめておいたＤＶＤに切り替えたテレビでは、ゲストが思い出の曲を紹介し合う番組がつづいていた。おれが小二の夏休みを思い返したのは、ある芸人が紹介した井上陽水《いのうえようすい》の「少年時代」に触発されたからだった。

あいつのことを思い出したのは、ずいぶん久しぶりだった。スペースシャトルだけでなく、宇宙ロケットのニュースを見聞きするたび、脳裏をよぎっていたのだが、そういうこともなくなった。あいつに会ったのは、一度きりだ。

待てよ、とおれは包丁を持つ手を止めた。相野谷さんと顔を合わせたとき、心の裏側でかすかに思い出したような気がする。相野谷さんは、いかにも育ちのよさそうな、東京の人、という感じだった。あいつと同じく、昔はきっと、東京のこどもだったのだろう。

リビングから「ズルい女」のイントロが聞こえてきた。テレビに目をやる。

たしかおれより少し歳上だったよな、と思いつつ、長ねぎを斜めに切り始めた。

（若いな、つんく）

鼻歌を歌いながら、再度、テレビを見てみたら、画面にテロップが流れていた。一九九五年のヒット曲だそうである。

なるほど、そんなもんかもしれないな。

「昔」と「ついこのあいだみたいな感じ」とが混じり合ったふにゃふにゃしたものに触れた気がして、強烈な懐かしさが腹のなかで揺れた。おれが二十二のときじゃないか。

なんといっても忘れられないのは七月七日だ。平成七年七月七日。

この日、桜子が生まれた。

おれはまだ車掌で、その日は早朝から午後二時過ぎまでの乗務だった。陣痛が始まった雅美をタクシーで病院に連れていったのはその前夜だ。おれはほぼ眠らずに乗務についた。居眠りしては大変だから、朝飯はコーヒーだけにして、腹は空《す》かせたままにした。

仕事に集中しようとしても、雅美が気にかかった。

発車ベルを鳴らしたのち、安全を確認して車掌スイッチを操作し乗客用扉を閉めながらも、生まれたかどうかが気になった。まだか。そろそろか。無事か。大丈夫か。そんな短い言葉が、苦しげにうめく雅美の顔や、声を張り上げて泣く生まれたての赤ん坊の絵とともに全身を駆け巡った。それらの言葉は、おれの気持ちのかなり奥から出ていた。もっとも多く出てきたのは「どうか」だった。「どうか、どうか、雅美も赤ん坊も元気でありますように」と気がついたら唱えていた。ギーッと奥歯に力を入れて、どこかのだれかにお願いしていた。どうか。

公休日でもあった前日の昼前に、雅美におしるしがあった。おれの家は出産一色になった。おれは、おしるしから陣痛、そして分娩《ぶんべん》までの流れを改めて「たまごクラブ」で確認しては、チェックポイントを雅美にいちいち報告した。

雅美は意外と平静で、うんうん、とおれの報告を聞きながら、入院道具を詰めたバッグの最終点検をしたり、掃除をしたり、シャワーを浴びたり、飯を食ったりしていた。「さすが三十を超しているだけあるな」とおれは思った。初産でも落ち着いたものだ。

八歳歳上の雅美と知り合ったのは、一年前の六月だった。場所は結婚式の二次会。おれは新郎の後輩で、雅美は新婦の恩師だった。

六年前、高校の英語教諭になりたてだった雅美は、新婦が所属していた卓球部の顧問をまかされていたらしい。新任教諭と生意気盛りの女子高校生だから、ぶつかり合いもあったようだが、心の交流もあったようだ。

雅美はおれの高校時代のあこがれだった片桐さんと似たタイプで、透明感にあふれていた。葉っぱに水滴を載せている白い花のような風情に、おれは、一目で心を持っていかれた。

雅美は若く見えた。もちろん歳下には見えなかったが、すごく歳上にも見えなかった。いっても二つ三つかな、と思ったが、それじゃあ新婦の恩師として歳の計算が合わない。雅美へと頻繁に視線をやりながら、ああでもないこうでもないと考えていたら、雅美のほうから声をかけてきた。

「……さんの同僚のかた？」

「そうです、そうです」

「後輩くん？」

「そうです」

「いくつ？」

「二十一です」

くすっ、と音が聞こえるような、いたずらっぽい笑みを雅美は浮かべ、「若いわあ」とかそういうことを言った。「八つも下かあ」と、さりげなく自分の年齢を白状し、「それでもいい？」みたいなムードを発した。

おれはふるさとに残してきた美雪と、きっぱり別れたあとだった。

「別れるってことでいいんだな？」

かなり面倒くさかったが、フェードアウトというやつがどうにも苦手な性分のおれは、意を決して美雪に電話をかけ、そう確認したのだった。

「あ、うん」

そういうことで、と美雪は答えたが、声の調子から「何を今さら」と思っているようすがありありと窺えた。

美雪とは遠距離恋愛がスタートして割合すぐにうまくいかなくなった。徐々に連絡が途絶え、やがて、すっかり疎遠になっていた。

美雪への連絡をさぼり始めたのはおれが先だった。

美雪は、就職したてのおれの忙しさを思い、電話は負担になるからと手紙を書いてくれるようになったのだが、おれは返事を出さなかった。

ささいな事柄をことこまかに報告され、「会いたいです」、「好きです」とハートマークをちりばめた手紙に、同じ熱量で返信する暇――時間的にも、心の余裕的にも――は、おれにはなかった。ぺーぺーの駅員として客のげろの始末なんかしていた。

あの時点ですっぱり別れればよかった。多忙を理由に言い出しかねて、三年近くも別れを引き延ばした自分を、おれは責めた。

「ごめん、美雪」

ありがとう、と口にしたら、ふるさとを旅立った前夜の出来事が思い出され、涙ぐんでしまった。

「こっちこそ、ありがとう」

愉しかったよ、と応じた美雪の声は全然涙ぐんでいなかった。しかも棒読みくさい言い方だった。もう、おれのことなんてこいつの頭のなかにないんだな、と実感せざるを得なかった。

さみしかった。でも、美雪ときっちり片をつけたから、後ろめたい気分にならずに雅美と付き合えた。雅美と出会うために美雪との関係をきれいにしたのだと考えられるようになるまでは、時折、おれの首筋に冷たい風が通ったものだ。

付き合い始めて半年経った頃、雅美の妊娠が発覚した。

「たっくんを縛り付けるような真似はしたくないの」

雅美は、はらはらと音が聞こえるような、静かな涙をこぼした。初めて雅美を見たときのイメージがよみがえった。白い花が揺れて、葉っぱに載った水滴が一粒ずつ落ちていくようだった。

「おまえと赤ん坊を見捨てるような真似はしない」

家族になろう。いや、おれらはもう、家族なんだ。おれは力強く宣言し、雅美をぎゅうっと抱きしめた。安心したのだろう、雅美はぐったりとおれに体をもたせかけ、くすん、と洟《はな》を啜ったのち、

「こどもだと思ってたのに」

と、おれの胸をにぎりこぶしで優しくぶった。

「ご乗車ありがとうございます。快速東京行きです」

車内アナウンスをしていたら、急にあの震災を思い出した。

三月にあった、あの事件も思い出した。

おれの内側で「日常」という言葉が不意に迫《せ》り上がってきたからだと思う。

そのとき、おれがしていたのは普段通りの仕事で、つまり「日常」だった。こどもが生まれるかどうか、という状況は、たしかに、少しだけ「日常」から離れる。おれのこどもならなおさらだ。だが、こどもが生まれるということ、として考えると、そんなに特別なことじゃない。毎日、どこかでこどもは生まれている。世の中の「日常」を形造るもののひとつだ。

駅に着き、おれは発車ベルを鳴らし、安全確認をし、車掌スイッチを操作し乗客用扉を閉めた。

まったくもって「日常」だ。乗り降りするお客さんにとっても、電車は「日常」の乗り物である。そこでは、「何か」あってはならない。「何か」など決してないよう、おれらはこう見えて、がんばっている。おれらは、「なにか」などないのが当たり前の「日常」を作る一部なのだ。

「ご乗車ありがとうございます。快速東京行きです」

窓から見慣れた風景をながめ、美しいと心から思った。目の前をびゅんびゅん飛んでいく草や木や川や看板やビルや家、空の色。太陽の位置。日差しの角度。ゆっくりと流れる雲。

この日、おれは、おれが今いるこの世界を新しい、と感じた。

新しい「日常」が始まるんだと胸がぶわっとふくらんだ。

おまえはおれが守ってやると、たぶんそろそろ生まれるはずのこどもに誓った。でもおれの力には限度があるから、よい世の中になってくださいと祈った。退屈なくらい、平穏無事であってくださいと。どうか、せめて、おれのこどもにはかなしいことが起こりませんようにと。その前に安産でありますようにと。母子ともに健康ってやつでお願いします、と、どうか、どうか、どうか、お願いしますと。どうか。


(豆腐を切るのは、ちえりが帰ってきてからにしよう)

おれはリビングに戻り、ソファに腰を落ち着けた。

たったいま思い出したことが腹のなかを熱くさせていた。おれがこの世界は美しい、と思っていたとき、桜子が生まれていた。鉗子《かんし》分娩になったとかで、頭が長いような感じがしたが、体いっぱいで、踏んづけられたような泣き声を上げていた。

「ありがとう」

おれは雅美にお礼を言った。病院の売店で買ったアイスクリームをひと匙《さじ》すくって、雅美に食べさせた。

「ありがとう」

雅美はつうっと涙を頬に伝わせながらも、にっこりと笑った。慈愛あふれる仏さまのような、そのくせ、帰還した戦士にも似た笑顔だった。

桜子という名前は雅美が決めた。七並びの日に生まれた娘だから、名前は「奈々」か「菜々」がいいんじゃないかとのおれの提案は却下された。

「桜子」は雅美のあこがれの名前だったのだそうだ。いつかこどもを産む機会があったら、そしてそのこどもが女の子だったら、絶対「桜子」にしようとずうっと前から決めていたのだそうだ。なお、男の子だったら「健人《けんと》」だそうだ。

やっぱり雅美はこどもが欲しかっただけだったんだ。ふと思った。こどもをつくるためには男が必要で、できれば自分の言いなりになるやつがよくて、それがおれだったってだけで。

自分の言いなりになって、背が高くて、目の大きい二重まぶたの男。雅美は自分の目がちょっとちいさくて奥二重なのを気にしていたから。だから、最初のうちは、男の学歴が高卒ということには目をつぶっていたんだろうな……。

その後の辛かった雅美との結婚生活をくわしく思い起こしそうになり、おれはかぶりを振った。

おれもよくなかった。雅美に教員なんて辞めたらどうかとか言っちゃったし。まだおしめをあてていた桜子を保育園にあずけるというのが、その頃のおれには、納得がいかなかったのだ。それじゃあ桜子がかわいそうだ。こどもは、三歳までは母親がそばにいたほうがいいって言うじゃないか。

だが、今はちがう。

おれは昔より理解がある。少なくともちえりには理解を持とうと思っている。「三歳児神話」という言葉もちえりから教わった。愛情さえかけていれば、母親がこどもにベッタリくっついていなくてもいいらしい。

ちえりは出産後も働く予定だ。現在の肩書きは店長代理だが、産休明けには、正式に店長に昇格する。

「奥さんには期待してるんですよ」

相野谷さんも何度もうなずいていた。おれも鷹揚《おうよう》にうなずき返した。おれのすぐ隣では、ちえりがくすぐったそうに肩をすくめ、ふう、と細い息を漏らしていた。

リモコンを手に取り、ＤＶＤを早戻しした。「ズルい女」のところで止め、再生する。それを観ながら、平成七年七月七日の出来事を胸のうちで再生する。

Switch of Life。ちえりの勤める店の名前が浮かび、思い出のなかの車掌スイッチと重なった。

人生のスイッチは、安全を確認してから押す車掌スイッチとはちがう。ときに、安全かどうかなどたしかめることなく押してしまうときがある。

それもまた「日常」だ。おれは未《いま》だに謎の巨大生物と闘っている。たぶん、一生闘いつづけるんだろう。なんとはなしに、そう思った。

第三章　潮時

昭和六十四年／平成元年（1989年）

おもなできごと

一月	昭和天皇崩御　平成に改元
二月	手塚治虫死去
三月	女子高生コンクリート詰め殺人事件発覚
六月	天安門事件 美空ひばり死去
十一月	ベルリンの壁崩壊

◉第四〇回NHK紅白歌合戦

紅組司会	三田佳子
白組司会	武田鉄矢
総合司会	松平定知アナウンサー
審査員	小林浩美、斎藤雅樹、五代目中村勘九郎、ねじめ正一、石岡瑛子ほか
紅組トップバッター	内藤やす子「六本木ララバイ'90」
白組トップバッター	武田鉄矢「声援」
紅組トリ	石川さゆり「風の盆恋歌」
白組トリ	北島三郎「夜汽車」
	＊第一部 昭和の紅白、第二部 平成の紅白という二部構成だったが、記載したトップバッター、トリは採点対象である第二部のもの
視聴率（関東）	第一部38・5％ 第二部47・0％

※ビデオリサーチ調べ

平成十三年（二〇〇一年）

おもなできごと

一月	二十一世紀が始まる ジョージ・W・ブッシュが第四十三代アメリカ合衆国大統領に就任
四月	小泉純一郎が第八十七代内閣総理大臣に就任
六月	大阪教育大学附属池田小事件
七月	映画『千と千尋の神隠し』公開
九月	アメリカ同時多発テロ事件
十一月	イチローがMLBのア・リーグ新人王、MVP、首位打者、盗塁王、シルバースラッガー賞、ゴールドグラブ賞を同時受賞
十二月	愛子内親王誕生

◉第五二回NHK紅白歌合戦

紅組司会	有働由美子アナウンサー
白組司会	阿部渉アナウンサー
総合司会	三宅民夫アナウンサー
審査員	室伏広治、松岡佑子、藤田宜永、平良とみ、天海祐希、森下洋子ほか
紅組トップバッター	松浦亜弥「LOVE涙色」
白組トップバッター	えなりかずき「おいらに惚れちゃ怪我するぜ！」
紅組トリ	和田アキ子「夢」
白組トリ	北島三郎「山」
視聴率（関東）	第一部38・1％ 第二部48・5％

※ビデオリサーチ調べ

栄人

勤めが退けて、葛西くんと三軒茶屋《さんげんぢゃや》で落ち合った。引っ越したばかりのコーポを訪問する予定だった。

学生時代から付き合っていた彼女と同棲《どうせい》をスタートさせたというので、お祝いの品も用意した。ル・クルーゼのトマト型のココットだ。

思い立ったのは、ついさっきだった。それまでは新居に向かう途中で、ビールでも買えばいいと考えていた。品物をレジに持っていき、わけを話したら、ちえりちゃんも参加すると言い出した。彼女が手早く見つくろったのはシリコンスチーマーとカッティングボード。どちらもトマトを模したものだ。ぼくのプレゼントに合わせたつもりなのだろうが、ぼくの選択の主眼はトマトではなく、ル・クルーゼである。

「葛西くんによろしくね」

安易なトマト福袋と化したショッピングバッグを「はいっ」と渡し、ちえりちゃんは「時間前だけど、上がっていいよ」と言った。店長代理が特別に許可する、という声音だった。

「あ、じゃ、お先に失礼します」

ぼくが頭を下げたら、ふうっと太い息をつき、レジ周りを忙しそうに片付け始め、「お疲れー」と声だけ返した。機嫌を損ねたようだったが、先に上がっていいと言ったのは、ちえりちゃんだ。

真に受けてはいけなかったのだろうか。お言葉に甘えたのは失敗だったのか、とちょっと気になったが、わりとすぐにどうでもよくなった。閉店時間まで、ほんとうにあと残りわずかだったし、今日のレジ上げ当番はぼくじゃなくて、ちえりちゃんだ。どのみち、ぼくは、時間がきたらさっさと店を出るのだし。

改札で会った葛西くんは、挨拶もそこそこに、

「やー、早速彼女とけんかしちゃいましてですね」

と腕組みした手を顎にあて、薄い無精髭《ぶしょうひげ》を撫でた。まんざらでもない表情をしている。

「うち、今、お客さんをお迎えする雰囲気じゃないかも、なんですよ」

葛西くんは淡々と語った。

「状態としては、ぼくが『もういい』とか言って、ぷいっと出てきまして。なので、一応『出てきた体』ではあるんですが、実質閉め出されたっていうか、ニュアンス的にはそんなアレで」

「それって、けっこう大変なアレなんじゃない？」

「大変っちゃ、大変ですけど、よくあることなんじゃないんですか？　同棲ホヤホヤの若いふたりには」

「原因とか訊いていい？」

あ、言いたくないんなら別にいいけど、とぼくは断りを入れた。

「どうしても訊きたいってわけじゃないし」

付け加えたら、葛西くんはうなずき、「犬も食わないってやつですからね」と少々にやけた。

「いわゆる生活習慣のちがいってものに、荷解《にほど》きのさい露見したぼくの過去の恋愛問題がくっついて、若干険悪な空気になったところへ、ぼくが、今夜、蒲生さんが来ることを彼女に伝え忘れた事実が発覚したという」

「合わせ技だね」

「まーそうですすね」

「でも、伝えなかったのはよくないよね」

「なんですよね」

「『犬も食わない』の域を超えてるんじゃない？」

「ですかね？」

「なんか困るよね、ぼく」

「困りますか」

「なんかね」

　で、どうする？　という話になり、ぼくの家で飲むことにした。終電までに彼女の怒りがおさまらなければ、泊まればいいし。

　葛西くんは、もとは本店のバイトだった。二十三歳。知り合ったのは、去年の十二月だ。研修のために一週間、ぼくが本店で働いていたときだった。

　ちなみに本店は二子玉川にある。ビルの二階部分に事務所を置いているから、本社と言ったほうがいいかもしれない。二号店はぼくが今働いている有楽町店で、三号店は青山店だ。

　葛西くんは昨年いっぱいでバイトを辞めたのだが、新しい就職口はまだ見つかっていなかった。そこで、ちえりちゃんが産休を取るあいだのピンチヒッターとして相野谷が声をかけたのだった。

「ほかならぬ相野谷さんの頼みですからね」

葛西くんはコンビニで買い込んだ缶ビールを旨そうに飲んでいる。

適当に伸ばしてますという感じの髪型、適当にはやしてますという感じの髭、そこらへんにあるものを手に取っただけですというシャツとデニムを着ているのだが、垢抜けている。スタイルもよい。腰の位置が高く、顔がちいさい。

ぼくも背は低いほうではないし、手足も短くはないし、顔だってちいさめだ。着ているものも葛西くんと大差ない。むしろぼくの服のほうが葛西くんの着ている服よりも値が張るはずだ。

だが、葛西くんと比べると、ぼくのビジュアルには切れがなかった。そこはかとない「もったり感」がつきまとう。葛西くんは現役の「今どきの若者」で、ぼくは昭和の「今どきの若者」なのである。

「ほかならぬ相野谷さん、って」

少し笑って、ぼくはソーダクラッカーをつまんだ。

「親戚でしょ？」

と葛西くんを指差す。葛西くんは相野谷のお兄さんの奥さんのお姉さんだか妹さんだかの息子である。研修に行ったときに、「ぼくも実は縁故なんですよ」と本人からささやかれた。

「でも感覚的に遠いですよ。『おじさん』じゃないでしょうし」

「じゃないのかなあ」

「じゃないんじゃないんですか？」

「大おじさん、とかかな？」

カーペットに家系図らしきものを指で書き、手持ちの「親族の呼び名」のうち、それらしきものを口にした。

「それって、両親のおじにあたるひとみたいですよ」

iPhoneを華麗にスワイプしつつ、葛西くんが訂正する。

「あ、そうなの？」

「まー正確な呼び名はともかくですね、相野谷さんはぼくの恩人なんですよ」

葛西くんは話を進めようとしたが、ぼくは、自分の「親族の呼び名について無知な件」を少し引きずっていた。ぼくは葛西くんより二十近くも歳上だ。年長者としていかがなものか、とほんのちょっとだけ思ったのだ。示しがつかないというか。

親族の呼び名の知識は、冠婚葬祭のしきたりの知識なんかと同様、年長者の独擅場《どくせんじょう》というイメージがある。そうして年長者には二種類ある。大人とおっさんだ。親族の呼び名問題にかんして言えば、ある程度の知識を持っているのが「大人」で、あんまりくわしすぎると「おっさん」になる。つまり、世間知が高くなればなるほど「おっさん」度が高くなるように思う。

葛西くんからみた相野谷の呼称を知っているのが、「大人」なのか「おっさん」なのかは迷うところだ。もしかしたら、知らなくてよかったのかもしれない。

ぼくは、できれば、おっさんになりたくなかった。かと言って、すっかり大人になりたいわけでもないけれど。

四十になった男が言うのもどうかと思うが、大人には、いわゆる「大人の事情」という言葉に代表されるような一種の汚らしさが含まれる。清濁《せいだく》併せ呑《の》んでこその大人なのだろうが、それはなんというか大人っぽすぎる。

そりゃあ、やってやれないことはないだろうけど、それには背伸びが必要だ。「きみ、ちょっと無理してない?」と自分自身に突っ込みを入れたくなる。ぼくは基本的に無理をするのが好きではないのだ。

だが、葛西くんといると、時折大人のように振る舞いたくなる。そのくせ、若者同士みたいに軽口を叩き合ったり、共感し合ったりなどして盛り上がりたくもある。どちらにしても、少しだけ無理があると頭では分かっている。そのあたり、われながらなんとも焦《じ》れったい。

「ぼくも相野谷には恩があるよ」

明太子とクリームチーズを合わせたディップをクラッカーに塗り、

「正社員にしてもらったんだからさ」

と口に入れ、サクッとかじり、

「旨いよ、これ」

と母の作ったディップを指して、葛西くんにすすめた。

「あと、これも」

母が持ってきたかぼちゃの煮付けや、厚焼き卵や、きゅうりとなすと長芋のぬか漬けもすすめた。ありがとうございます、と葛西くんは厚焼き卵を取り皿にのせ、言った。

「えっと、ですね。蒲生さんは社員になる前、フリーターだったんですよね」

「うん」

「なんか夢とかあったんですか？」

「え？」

「目指してるものっていうか、なりたいものっていうか、追いかけているものっていうか。結局、夢なんですけど」

「ああ、その夢ね」

ぼくは襟足に手をやって、そこをさすった。

「こどもの頃は宇宙飛行士になりたかったよ。スペースシャトルの」

うん、スペースシャトル。北海道に住む祖父母の家に遊びに行ったときの、見知らぬ男の子と触れ合った幼き日の思い出話をしようとしたら、葛西くんにさえぎられた。

「や、そういう牧歌的っていうか絵に描いたモチ的なのではなく」

「でも夢っていったら、それくらいしか思い浮かばないよ」

葛西くんは「残念ですね」というような顔をした。ぼくも、なぜか、「ごめんね」という顔になった。

「葛西くんはあるの？　夢」

空気を察して訊いてみた。厚焼き卵を口に運ぼうとしていた葛西くんが箸《はし》を止めて、浅くうなずく。まあね、というふうに。

「なに？」

「いやー、それは」

「教えてよ」

「大した夢じゃないですし」

「ないよりいいじゃん」

　といったやりとりを経て葛西くんが語った夢は、脚本家になることだった。テレビドラマのシナリオを書き、ヒットさせ、四十歳を過ぎたら小説も執筆してみたいそうである。

　大学生だった頃から通信制のシナリオスクールを受講していたようだった。就職活動はしていたらしい。もし採用されたら、すっぱりと諦めるつもりだったと言う。だが、内定は一つも取れなかった。

「ポジティブすぎかもしれないんですけど、夢、諦めんなよ、ってだれかに背中を押されたような気がして。っていうか、ああ、やっぱりぼくはサラリーマンには向かないんだなと思い知らされた感がすごくて」

「脚本家への道しかない、みたいな？」

　いくぶん頬がゆるんでしまったのは、葛西くんの言い分が、言っちゃなんだが、ありきたりだったからだ。どうしてそう無邪気に自分は特別な人間だと思えるのだろう。

血はつながっていないものの、内定が取れなかった点を含め、相野谷と似ている。

「……そんなぼくを応援してくれたのは相野谷さんだけだったんですよね」

ぼくの質問には答えず、葛西くんは洟を啜り上げた。鼻汁が逆戻りした気配はなかったから、間合いを取って、しんみりしたムードを醸し出すための仕草に相違ない。

「ものを書く仕事には経験が必要だ、と。先立つものはないよりあったほうがいい、と。で、バイトに雇ってくれたんですよ」

「へえ、そうなんだ」

「けど、働きながらじゃ執筆がはかどらないから、いったん辞めさせてもらって、集中して書こうと思って」

「なるほど」

「なんですけど、彼女と暮らすとかそういう話になって」

バイトを辞めて家にいると、親がうるさくてかなわないと葛西くんが愚痴をこぼしたのがきっかけだったようだ。同い歳の彼女は看護師だそうである。葛西くんが大学二年生のときに参加した看護学校生との合コンで出会った由。

「じゃあ、彼女も葛西くんを応援してくれてるんだね」

ぼくは傍らに置いたお祝いを触った。まだ渡していなかった。

「三十までは自由にしたら、って言われてます」

てことはですよ、と葛西くんが眉をひそめた。

「三十までは無条件で面倒みてくれるってことですよね?」

「だろうね」

「そして、その後は、たとえぼくがどっちに転んでも結婚はしていただきますので的な意志を感じません?」

「ひしひしとね」

「そういうのが、どうも」

葛西くんは、目と口でもって、へへっと笑った。彼女の葛西くんへの応援は相野谷ほど純粋なものではない、と言いたげである。

「なんですけど」

「うん」

「やっぱり部屋決めたりとか、ここに何を置いてとかインテリアの相談してたりなんかすると、ウキウキな気分が高まっちゃいまして。彼女が働いてるんだから、ぼく、せめて、料理くらいはやらないとなー、なーんてですね、思ったりとか。料理本買っちゃったりとか」

照れ笑いを浮かべる葛西くんは、すこぶる幸せそうに見えた。十中八九、脚本は書いていないだろう。

「その気になったら、いつでも正社員に採用してくれるって相野谷さんも言ってくれてますし」

との発言から察するに、葛西くんには、夢がかなわなくても、彼女と破局しても、そこそこ安定した生活が約束されているようである。

「あのさあ」

ぼくはあぐらをくずし、片膝《かたひざ》を立てた。その膝に肘をつき、その手を頬にあてがった。

「きみ、言ってること、矛盾してない？」

「ですかね？」

「結局どうしたいの？　夢に向かって邁進《まいしん》するんじゃないの？　なんかさ、流されてるよね。しかも低きに。きみはさ、自分がすごく恵まれてるってことに気づいてないんじゃないかな。それが当然と思ってるんじゃない？」

ここで一つ息を入れ、ベッドにもたれかかった。ぼくはベッドの前に座り、九十度の方向に葛西くんが腰を落ち着けていた。

「いつかしっぺ返しがくるよ。そうそう何もかもうまくいくものじゃないしね」

息を入れたのだが、ぼくの昂りはおさまらなかった。腹の底からのぼった熱が胸の内側をあぶっていた。口が勝手に動く。

「やっぱりさ、地道に努力しないと。若い人はそういうのばかにするかもしれないけど、一つのことを成し遂げたいんなら、倦《う》まず撓《たゆ》まず修業を積むのが王道だと思うな」

自分でも驚くような言葉が次々と出てきた。頭のすみで「それっぽいこと言ってるな」とは思っていた。いかにも酒席でおっさんが若者に吐きそうな科白だ。

「……なんか」

倦まず撓まず修業とかすんなり出てきちゃうあたり、なんか、と葛西くんが前髪を搔き上げ、目を細めた。

「『なっちょらん』とか言いそうな勢いですね」

おっかしいなー、と首をひねる。

「蒲生さんとぼくって同じ属性だと思ってたんですけど」

「属性？」

「相野谷さんが言ってましたよ。似てるって。スマート命みたいなとこがあるって。

高等遊民気質だって。自由最高、しがらみ超苦手、基本的に現状維持ばんざい人間だって」

「いや、でも」

昂っていたものがすうっと引き、苦笑いが浮かんだ。二人きりで話す前は、ぼくも葛西くんとはどことなし似てるな、と思っていた。だから折々メール交換なぞもおこなっていたのだ。

「でも、きみはなんせ夢がある人なんだから、現状維持ばんざいじゃまずいでしょう」

「夢って言ったって、お守りみたいなもんですよ。ていうか、蒲生さん、ちゃんと就職したことあったんですか？『Switch of Life』以外で」

「あるよ」

ぼくはそう答え、部屋のなかを見回した。

物心ついたときから「ぼくの部屋」だった八畳間。中学生のときから使っている机、高校生のときに買い替えたベッド、十二、三年前にリフォームしたさいに張り替えた壁紙はアイボリーの織物調。ミルクティーみたいな色の絨毯《じゅうたん》もそのとき張り替えた。費用は母の実家が援助した。母の実家は北海道で総合病院を経営している。現在は、母の兄夫婦――ぼくにとっては伯父夫婦――が取り仕切っている。彼らにはこどもがいなかった。跡を継ぐ血縁者は、ぼくか、姉しかいない。

ぼくは葛西くんに向かって、鷹揚にうなずいた。

「就職したことくらいあるよ。ちゃんとね」

・

大学院を中退したのは二〇〇〇年の春だった。

その前年から「ミレニアム」という言葉が流行し、千年紀というものに注目が集まった。なにしろ西暦の千の位が繰り上がるのだ。そんな年に遭遇できる巡り合わせの妙を感じた。ぼくだけでなく、程度の差こそあれ、多くのひとが感じたと思う。

「2000年問題」も騒がれた。いわゆる「Y2K問題」だ。一九九九年から二〇〇〇年に切り替わるときに、コンピュータが誤作動を起こす可能性があると言われた。

大学院生だったぼくは、くじ引きで決めた「Y2K当番」にあたり、研究室で年を越した。パソコンに異常が出たら、すみやかにメーカーに連絡を入れる係だったが、無事だった。

ニューミレニアムの元旦、静かで、いやに澄んだ空気を吸いながら帰路に就いた。途中、潮時だな、という感覚が不意に芽生え、ゆっくりとふくらんでいった。研究者としてやっていける自信など、少しもなかった。

父に勧められていた地下鉄会社の就職説明会に参加したのは、それから少しあとだ。夏には内定がもらえたと思う。

明けて二〇〇一年。二十一世紀になった年だったが、新しい世紀に入った昂揚《こうよう》は感じなかった。社会人になる年でもあったが、格別フレッシュな気分にもならなかった。ぼくの生活が――ひいてはぼくも――大きく変わるとは考えられなかった。

気が向いたら映画を観に行き、居心地のよさそうなバーを勘で探して、当たりか、はずれか、自分のなかで賭《か》けをするとか、ベッドに寝そべりながら、あるいは散歩で行った公園のベンチに座りながら、時間をかけて本を読むとか、お気に入りの曲を聴きつつパスタを茹《ゆ》でたり、ソースを作って母にふるまうとか、そういう穏やかな毎日がずっとつづくと思った。

たまに顔を合わせる、友人と呼べる存在は二人きりだったが、とくにさみしさは感じなかった。相野谷とは年に二、三度、連絡を取り合っていた。こずえちゃんとも相変わらず会っていた。彼女に、例の新宿西口の清潔なビストロで就職の件を告げたのは三月だった。

「結局、お父さまのお力ってわけね」

間髪を容《い》れず、こずえちゃんは、せせら笑った。

「一応ね。彼の顔を立てて」

素っ気なく答えた。こずえちゃんの言う通り、父のコネ入社だった。

さしものぼくも、ほんのちょっとは忸怩《じくじ》たる思いがあった。だが、いずれ働かなければならないのなら、そしてその場が用意されているのなら、それは、そこに行く道筋がすでにできているということだ。その道は舗装されていて、幅も広く、そんなに曲がりくねっていない。

「でも、おめでとう。栄人くんが地下鉄駅にいると思うと安心する」

こずえちゃんは、涙がこぼれる一歩手前でほほえんでみせるような儚《はかな》げな表情を作った。地下鉄サリン事件の傷は依然こずえちゃんの心に残っているようだった。普段はちっともそんな素振りは見せないのに。

「駅にはいないと思うよ?」

「え、じゃあ運転するひと?」

「や、事務系。たぶん」

「決まってるんだ」

「『たぶん』って言ったじゃない。ぼくの希望部署はそこだってだけだよ」

へーえ、とこずえちゃんは大仰に感嘆し、「けっ」と声が聞こえるような顔つきでぼくを見た。

「彼氏と行かないの？　ユニバーサルスタジオジャパン」

こずえちゃんがぼくを糾弾しそうな気配を発したので、話題を変えた。

その頃、こずえちゃんは会社の先輩と付き合っていた。その年、二十九歳になるこずえちゃんは彼氏との結婚を強く意識していた。「ここで決める」という意気込みを持っているようで、当時、ぼくたちが会う名目はおもにこずえちゃんの恋愛相談だった。

「トルシエ・ジャパンで頭がいっぱいみたいなのよね」

もちろん試合には一緒に行くんだけど、とこずえちゃんはうつむき、こめかみに手をあてた。表情がまた変わった。悔しさと、もどかしさと、焦燥《しょうそう》が、こずえちゃんの目と口元をちょっぴり老けさせた。

こずえちゃんの彼氏は熱烈なサッカー好きで、デートはもっぱらJリーグならびに国際試合の観戦のようだった。こずえちゃんとしては、たまには映画を観たり、ゆっくりと食事したり、温泉旅行に出かけたりといったデートらしいデートをしたいらしいのだが、にわか仕込みの知識でサッカー好きをアピールして近づいた身としては言い出しかねるらしい。それが彼女の大きな悩みだった。

試合観戦で得た興奮を発散させるためのセフレのようなものかもしれない、という疑念もあったようだ。「だって、すごいんだもん」とため息をつくこずえちゃんは、もはやぼくのよく知っているこずえちゃんではなかった。

四月から新入職員研修が始まった。最後の一カ月は現場実習だった。車両の点検も手伝ったし、改札にも出た。ヘルメットをかぶり、ハンマーでボルトを叩く先輩のあとにくっついていくと、「プロジェクトX」の主題歌が脳内で再生されたし、額に深く皺《しわ》の入った、耳の遠い老女に時間をかけて乗り換えルートを案内していると、「親切な駅員さん」になった気がしたが、愉快ではなかった。

その後、経理部に配属となり、給与計算などをおこなったが、やはり愉快ではなかった。親しく話をする同僚がいなかったことが大きい。

同期も、先輩も、ぼくにはよそよそしい態度をくずさなかった。部署の飲み会にも、同期会にも声がかからなかった。誘われても断っただろうが、場所も日時も知らされないのは、単純に不快だった。

ぼくの何かが――存在そのものかもしれないが――気に障るのなら、こずえちゃんみたいに面と向かって糾弾すればいいのだ。口にしないのなら、顔に出すべきではない。ついこぼれてしまった振りをして、不味《まず》いと知りつつ口に入れた料理を吐き出すような表情を覗《のぞ》かせたり、仲間内だけで通じる忍び笑いをこれ見よがしに漏らしたりするのは、下衆《げす》の所業だ。

会社に勤めている時間は、一日のなかでは半分にも満たない。我慢しようと思えば我慢できる、ぎりぎりの時間だ。しかし、ぼくは我慢をすることがあまり得意ではない。むしろ、なぜ、我慢しなければならないのだろうと思うタイプである。

働くのは別に構わないけれど、なぜ、ぼくがここで働かなければならないのだろう、という思いは、就職したときからあった。

潮時だな。その言葉が再度胸をよぎったのは、その年の九月十一日。

社内でのぼくのあだ名が「カッコつけぞう」というセンスの欠片もないものだと知った夜、ぼくはニュースで世界貿易センタービルのツインタワーに二機の航空機が突入した映像を見たのだった。超高層ビルが炎と煙を吹き上げながら倒壊していく映像だ。

「一年は勤めたよ。最低それくらいはいないとね。父の顔もあるし。でも人間関係がね、ちょっと」

「そこ、やっぱり、いちばんむつかしいとこですよね」

「そうなんだよね。でもまあ、よくある話ですよ」

「せっかく二十一世紀ってことで心機一転したのに惜しかったですね」

「んー、でもないけど」

「でもないんですか？」

「二十一世紀だからって、そんなとくに」

「そんなもんですかね？」

葛西くんは意外そうな顔をした。小学生だった葛西くんは、ぼくとは違い、わくわくしたのかもしれない。あるいは、自分はなんとも思わなくても、多くの人は「区切り」を感じるものと考えたのかもしれない。

「そういえば、昭和から平成に変わったときも、そんなに印象に残ってないなあ」

あのときは高校生だった。高一の冬休みだったと思う。眼鏡をかけた官房長官――のちの首相――が「平成」と書かれた額縁を掲げた映像は覚えているが、それはたぶん、ニュース映像ではなく、「いかすバンド天国」のオープニング映像だったと思う。

そう言うと、葛西くんは、

「まじっスか？」

と噴き出した。

「なんか蒲生さんって、歴史の証人感、薄いですよね」

「かもしれないね」

「世間の喧噪《けんそう》からは身を引いてるっていうか、距離を保ってるっていうか、スタイルを貫いてるっていうか。ある意味、選ばれた人って感じしますよね」

「やめてよ、そういうの」

言いながらも、悪い気はしなかった。若者に転がされている感覚もほんのわずかだが、あった。不思議なことに、心地よさはさほど損なわれなかった。

「そんなことより、彼女にメールしたら？」

お怒りがとけているかもしれないよ、と言って、傍らに置いたお祝いに指を伸ばした。葛西くんは、きっと、ぼくの思う通りに喜んでくれるだろう。

拓郎

「気がきかないにもほどがあると思うんだ」

リビングから、ちえりの声が聞こえる。

「いくら先に上がっていいよって言っても、ほんとにさっさと帰ることはないんじゃないの？　ねえ、たっくん、そう思わない？」

ちえりが体ごと振り向いた。電車の窓から景色を見るこどもみたいに、ソファの背もたれに手をかけている。おれは洗い物の手を止めた。指先から洗剤のしずくをポタポタ垂らしつつ、ちえりに同調する。

「だよなあ」

「でしょう？」

ちえりはソファに仰向けに寝転んだ。伸ばした両手の指を絡ませ、頭のてっぺんにすとんと落とす。

「しかもこっちは身重なんだし。何かあったら責任取れるのかっつーのよ。大体こっちはさ、立ちっぱで足がむくんで怠いし、おしっこも近いわけよ。だけど立場上そんなしょっちゅう休憩できないし、頻繁にトイレに行くのって恥ずかしいじゃない？そういうことちーっとも気がつかないのか、気がつかない振りしてるのか、『大丈夫ですか？今ヒマだから、ちょっと休憩行ってきたらどうですか』の一言もないんだもん。あれで四十だなんて信じられない。今までなにしてきたんだろうと思う」

「親のすねかじって、暢気《のんき》にやってたんだろ？」

おれは洗い物を再開し、ちえりの望む返しをしてやった。

「そうなんだよねー」

案の定ちえりは我が意を得たり、という声を出した。

「温室育ちのおじさんって、ほんっと使えないよねー」

「だなあ」

おれは大きくうなずいてみせた。食器を洗い終え、シンク周りを拭く。そのふきんをざっと洗い、漂白剤をとかしたボウルに浸ける。今夜も長くなりそうだ。

ちえりが「使えない同僚」への不満を漏らし始めたのは、今月に入ってからだった。

その「使えない同僚」が配属されたのは先月の中旬だったらしいから、約一月はようすを見ていたようだ。ちえりだって、たとえ歳はいっているとはいえ、ずぶの素人《しろうと》の新人が年末の繁忙期に「使える」とは考えていなかった模様である。

　むしろ、「飲み込みが早い」と誉《ほ》めていた。「器用な人なんだと思う」とも言っていた。そいつは、何をやらせても、ソツなくこなしたらしい。新人によく見られるような「妙に焦る感じ」、「空回りしている感じ」がまったくなかったそうだ。

　研修をおこなった本店での評判も上々だったようだ。ことに女性陣からの人気が高かったそうである。それは二号店でも同じで、ほかのテナントの女の子から、そいつのくわしい情報――「独身？」、「ばついち？」、「彼女いるの？」などなど――を「訊かれちゃって大変」とちえりは笑っていた。

「やっぱ、今って、中年がモテるんだな」

　感心したら、

「ただしイケメンにかぎる、ってやつだけどね」

　と、ちえりは肩をすくめた。

「そいつ、イケメンなのか？」

「『イケメンですけど、それが何か？』ってタイプのね」

　ちえりは言下に切り捨ててから、こうつづけた。

「たっくんとは正反対だよ。見かけも、たぶん、中身も」

そいつはおれと同い歳のようだった。相野谷さんの元同級生だというから、ちえりの周りに昭和四十七年生まれの男が三人揃《そろ》ったことになる。

「三人とも、タイプが全然ちがうんだよね。同い歳だからって何もかも同じじゃないって頭では分かってるんだけど、なんか不思議」

おれは、首をかしげるちえりの頭を撫でた。

「『今どきの若者』がみんな同じじゃないのと一緒だよ」

「そっかー」

ちえりは真ん丸い目を輝かせた。

「大人の人に『今どきの若者』って括《くく》られて、あーだこーだ言われると腹立つのに、あたしも『おじさん』にたいしては同じように考えてたー」

たっくんと話してると教えられるよ、とちえりは真面目な顔でつぶやいてから、ミルキーみたいな甘くて柔らかな笑みを顔いっぱいに広げた。

「歳上の男の人って、視野が広いっていうかなんていうか」

たっくん、だーい好き、とおれの首っ玉にかじりついた。おれもちえりをぎゅうっと抱きしめた。

大抵の場合、おれがなにか言うと、ちえりは素直にうなずき、おれへの尊敬と愛情を深める。ただし、「使えない同僚」の件については、ちがった。

「『気がきかない』んじゃなくて、ただ知らないだけなんじゃないかな。四十過ぎても妊婦と接した経験がないやつっているし。妊婦が頻尿ってけっこうなトリビアだぜ？」

と、「視野が広い」意見を言ってみたことはあるのだが、ものすごい勢いで食ってかかられた。

「頻尿って知らなくても、気遣うことはできると思う。『大丈夫ですか？』の気持ちがあれば、おのずから『自分になにができるだろう』って考えるはずだし、行動にあらわれると思う。『カッコつけぞう』には、そういう気持ち自体がないんだよ」

「カッコつけぞう」というのは、その「使えない同僚」が過去一度就職したときに同僚からつけられたあだ名だそうだ。ちえりは相野谷さんから聞いたと言っていた。

「カッコつけぞう」は、そのあだ名に深く傷つき、会社を辞めたそうである。

「……よっぽど辛かったんだな」

言いつつも、おれの口元はゆるんでいた。

そいつの心情は分からないでもなかった。そんなあだ名をつけられたら、何歳になっても辛いはずだ。「カッコつけぞう」は毎日顔を合わせている同僚からの、人格を含めた批評である。親しみを込めたあだ名というニュアンスは感じられないから、おそらく職場でつまはじきにされていたのではないか。

気の毒だった。が、それとは別に「カッコつけぞう」とあだ名をつけられて退職した、という話は、やはり可笑しい。「そんな理由で会社を辞めるやつなんているのかよ」と反射的に思ってしまう。

「相野谷さんもそう言ってた」

ちえりの表情は半笑いというやつだった。いわゆる「上から目線」を笑い方で表現したような顔つきで、あまり好ましくなかった。

「プライドが高いから、余計に傷ついたんだろうって」

言っている途中で、ちえりは堪《こら》えきれずに噴き出した。おれも釣られて噴き出してしまった。二人で大笑いしながら、ふと思った。なぜ相野谷さんはそんなことをちえりに教えたのだろう。

いくら、ちえりから「ぎくしゃくした人間関係」を相談されたとしても、「元同級生の恥ずかしい過去を語るのはどうなのか。口、軽くないか？　女子社員をなだめるのなら、ほかに言いようがあるんじゃないのか。そのことをかなりオブラートに包んで、ちえりに言ってみた。

「そうじゃないよ」

ちえりは即座に、かつ、鋭く異を唱えた。

「あたしは、ほら、一応、二号店の店長代理だし。ほんとは店長になるはずだったんだけど、店長になってすぐに産休に入るのはなんだか落ち着かないじゃない？　だから名目上『代理』をつけただけで、実質は店長なんだから」

自分は一介の女子社員ではなく幹部クラスなのだと、ちえりは言いたいようだった。

「産休明けたら、正式に本店の店長に昇格することになってるし。まだオフレコだけどね。たっくんも知ってると思うけど」

そして自分は社長とはツーカーなのだとも、ちえりは言いたいようだった。相野谷さんと三人で食事したとき、たしかにそんな雰囲気は感じた。

「店長にも格みたいなのがあって、それってやっぱり、本店、二号店、三号店の順なんだよね。でね……」

ちえりが語ったことを整理すると、こうなる。

1・本店（二子玉川店）

前店長　相野谷さんの愛人。関係が終わると同時に退職。
現店長　相野谷さんの兄の長男。実家の大手和菓子店を継ぐ予定なのだが、異なる業種の現場も知っておいたほうが経営者として幅が出るとのいわば帝王学の一環としての抜擢《ばってき》。
次期店長　ちえり

2・二号店（有楽町店）
前店長　相野谷さんが学生時代にバイトしていたアンティークショップの後輩。男性。神田の古道具屋兼ギャラリーに転職して、退職。
現店長代理　ちえり。実質は店長。
次期店長「カッコつけぞう」。ちえり産休後の既定路線。

3・三号店（青山店）
現店長　相野谷さんがよく行っていたカフェのもと雇われマスター。系列のカフェ開店後は、そちらに異動の予定。
次期店長有力候補1　三号店に勤める若い女性。相野谷さんの愛人との噂《うわさ》。
　　　　　　　　2　葛西くん。相野谷さんの親戚。

「店長って、結局、社長の愛人か知り合いかよ」

大丈夫か、会社として。おれは思わず呆《あき》れた。

「ちいさい会社の人事って多かれ少なかれそんなもんじゃないの？」

ちえりは知った口をきいた。

「あ、でも、あたしは愛人でも知り合いでもないから」

少し急いで付け加えた。


おれがちえりの長い愚痴に根気よく付き合えるのは、歳の差ゆえの余裕もあるけれど、前の結婚でしくじったからだろう。

忘れもしない二〇〇一年。二十一世紀になった年におれは独り者になった。

おれは二十九歳で、雅美は三十七歳。桜子は六歳だった。明くる年は小学校入学だから、なんとしてもその年のうちに決着をつけたいと強く申し入れられた。入学後に苗字《みょうじ》が変わると桜子がかわいそう、というのが雅美の大きな理由だった。

その前から別居はしていた。雅美が桜子を連れて実家に帰ったのだ。おれたちの関係が本格的にうまくいかなくなったのは、それよりずっと前だった。桜子が八カ月か九カ月の頃だ。

そもそもおれは雅美が仕事を辞めないのが不満だった。勤めを辞めても、教員免許があるのなら、桜子が大きくなってからでも、塾や家庭教師など職はいくらでもあると思えた。でなくても、雅美は国立のけっこういい大学を出ているのだから、本人がその気になれば、再就職くらい簡単にできそうな気がした。

本音を言えば、再就職はしないほうがよかった。そんなに働きたいのなら、一日四時間程度のパートが適当と考えていた。それなら桜子に（そんなに）さみしい思いをさせなくて済む。

短時間のパートをおれが推奨するのは、どうせまた妊娠するだろうと思ったからだ。だって、夜中、パジャマの胸元をはだけて桜子におっぱいを飲ませながら、雅美はこう言ったのだ。

「次は二年後かなあ。三年あくと、初産と同じになるっていうし」

おれは次の子は、できれば男の子がよかった。もちろん健康であれば男でも女でもかまわないのだが、どうせなら一姫二太郎といきたいところだ。

おれには息子とキャッチボールしたり、釣りに行ったりするという、少々月並みではあるのだが、明るくて暖かいイメージがあった。

思春期になった息子がエロ雑誌をベッドの下に隠しているのが雅美に見つかったら

庇《かば》ってやろうとか、大人になった息子と勤め帰りにばったり会って、おれが「一杯やるか？」と酒を飲む仕草をすると、息子が笑ってうなずき、焼き鳥屋かなんかで隣り合わせて酒を酌み交わし、「社会に出てみて初めて親父《おやじ》の大変さが分かったよ」とかなんとか息子にしんみりとした風情で感謝され、おれは息子の成長に感動し、なんともいわれぬ嬉しさを噛み締めつつ、「ヒヨッコのくせに、なま言うな」みたいなことを言うんだ、とくわしい想像もしていた。

雅美の考えは、おれとはちがっていた。高校教諭という仕事にこだわり、桜子が一歳にならないうちに復職すると言ってきかなかった。育児休暇中の手当が切れる前に戻らないと、と主張した。

おれにしてみれば、おれの稼ぎが少ないと言われたのも同然だった。「甲斐性なし扱いされた」と、その頃のおれは、そう受け取った。これにはいくつかの理由がある。まず、おれはまだ若かった。そして意気がっていた。女房こどもはおれが養うと決めていたし、男とはそうするもの、と思い込んでいた。こどもの頃、母親がたまに愚痴った言葉がおれの胸に意外と深く刻み込まれていた。

「もうちょっと、うちに余裕があれば、おかあさんも働かなくてすんだのにねえ」

うちの母親は、根は明るいほうなのだが、ぱっと見は暗い。顔のかたちが細い逆三角形で、目鼻立ちもはっきりせず、肌もくすんでいる。声もちいさい。辛気くさい愚痴がよく似合う容姿だ。だから、母親のその言葉は、おれに「ああ、うちは貧乏なんだ」とすみやかに自覚させた。「貧乏だから、うちの両親は共稼ぎなんだ」と。

母親と正反対の容姿を持つ――つまりおれによく似た――父は、妻の愚痴など意に介さないタイプだった。「まーたくだらないこと言って」と鼻で笑っていた。父親は悪人ではないし、嫌いではなかったが、あのような鈍感な部分だけは、おれは受け継ぎたくなかった。おれは奥さんをもっと大事にするんだと心に決めた。

雅美が高校教諭という仕事にこだわるのも、実を言えば面白くなかった。教員免許は大卒しか取れない資格である。「学校の先生」は資格がないと就けない。さらに雅美が言うには、それでも正式採用されるのはひと握りなのだそうだ。その上、雅美は異動のない私立に勤めている。中流以上の家庭の子たちが在籍する、低くない偏差値の学校。雅美からしたら最上の勤め先だ。が。

おれはしらけた。「それはそれは。大変な難関を勝ち抜いたことで」と嫌味を言いたくなった。

うっすらとした学歴コンプレックスのようなものは、今でも、常におれの胸のうちに靄《もや》っている。当時、その靄はもっと深かった。おれの最も欲しかった手形を持つ雅美の言い分が、おれの胸のうちの靄の色をいっそう濃くした。

その頃のおれは、現場の最高峰・駅長を目指していた。駅長はただでさえ狭き門だ。「目指す」と言ってもくっきりした感じではなく、「がんばれば、もしかしたらなれるかもしれない」程度だったが、まだ諦めてはいなかった。

「ううん、いいのは顔とガタイだけ」

これは、雅美が友だちとの電話で言っていたおれの寸評。おれが勤めから帰ってきて、ソファに座り、聞き耳を立てているのを承知の上で、雅美はつづけた。

「あと、生命力。種としては申し分ないでしょ。ほら、あたしって昔からワイルドな男に弱かったじゃない？　見かけワイルドで、心は少年っていうパターン」

それで何度も失敗してるんだけど、と雅美はケラケラと笑ったのだった。おれは雅美に徹底的に下に見られているんだと悟った。

「親のほうが役に立つから」

実家に戻るときの捨て科白も強烈だった。葉っぱに水滴を載せた白い花という出会ったときに感じたイメージは、もうどこにもなかった。

振り返ってみると、おれは育児に積極的ではなかった。

風呂には入れた。それがおれの係だと雅美に言われたから。あとは、べろべろばーとあやしたり、おつむてんてんを教えたり、ミッキーマウスのビデオをデッキに入れたくらいだった。

夜泣きしたときは抱っこして「おおよしよし」と揺すったりもあったが、なかなか泣き止まないので、すぐに雅美に交代を申し出た。

雅美に頼まれた買い物はしたが、食事の支度も手伝わなかったし、後片付けも気が向けばおこなうくらいだった。たまに家事をすると、大いに威張った。どうだ、いい夫だろう、という顔をして、「あー疲れた」と仕事をしている上に家事に協力的なおれ、をアピールした。

別居後は、ほぼ毎週、桜子に会いに行った。

桜子のことを思い出すたび、愛しさが込み上げ、居ても立ってもいられなくなった。会いに行くのは平日の昼間だった。単純に、おれのシフトの都合上だ。雅美の仕事中を狙ったのではなかった。

雅美の両親はおれを歓待もしなければ邪険にもしなかった。お茶を出したあとは、おれと桜子を二人きりにしてくれた。おれは桜子を散歩に連れ出し、肩車して、桜子の指示通りに歩き回ったりした。

桜子は一見して女の子だと分かるようになっていた。スカートがよく似合う。リボンや飴玉《あめだま》のかたちをしたピンで髪のあちこちを留め、細い、細い、三つ編みを二本垂らしていた。

肩車していると、体重とともに桜子の体温も感じた。おれとの接触面が汗ばみ、熱を持ち、そこから湯気が出てきそうだった。おれは、あそんだあとの桜子の地肌のにおいが好きだった。お陽さまにあたためられ、風に吹かれ、すくすくと育つちいさな者が生きているにおいがした。

「わざわざあたしのいないときを見計らってコソコソ会いに来なくてもいいんじゃない？　会わせないって言ってるわけじゃないんだから」

折々雅美から電話がかかってきた。雅美はたしかに「会わせない」とは言わなかったが、「会わせる」と言ったわけでもなかった。そもそも離婚していないのだから、桜子と会うのに雅美の許可がいるのはおかしい。それに、おれには生活費を渡すという名目もあった。これもまた振り込みにしてくれと雅美から何度も言われていたのだが。

桜子と会うのは月に一度、桜子が成人するまでおれが支払う養育費は振り込みで、と決まったのは離婚が成立したときだ。

おれが離婚に応じたのは、九月だった。

世界貿易センタービルのツインタワーに航空機が二機突っ込む映像をニュースで見て、潮時だな、と思ったのだ。

二十一世紀なんだよな、とも思った。八軒のばあちゃん家《ち》にあった古い学年雑誌のページがまぶたの裏を過ぎた。

「二十一世紀の日本」。バスも電車も空を飛び、道路という道路は自動走路になっている。月や火星にロケットで通勤する人もいる。大人もこどもも、エナメルかビニールみたいな素材の、体にぴったりと張り付いた服を着ていて、丸い金魚鉢のような宇宙ヘルメットをかぶっていた。

宇宙人が襲ってくるとか、地球が突然ふたつに裂けるとか、氷河期がやってくるとか、「この世の終わり」の予想も載っていた。

で、どっちなんだよ、というのがおれの感想だった。二十一世紀ってやつは——つまり、遠い未来ってやつは——、おれにとって——つまり人類にとって——、しあわせなのか、そうじゃないのか。

二十一世紀になったとき、おれの頭のなかで、「人類」は、桜子とほぼ同じになっていた。おれにとって「人類」は、いつまでも未来のままだった。おれだけが歳をとるような気がした。「人類」のために、「この世の終わり」が来なければいい。「この世の終わり」のような映像を見ながら、桜子がかなしい思いをしませんように、と桜子が生まれたときのように願った。今のままの状態は、桜子にとっても、おれにとっても、雅美にとってもよくない、という考えが、腹のなかで立ち上がった。いや、崩れ落ちていったのかもしれない。

いずれにせよ、二十一世紀は、おれにとって、予想外という意味で「遠い未来」だった。あんまりしあわせな幕開けではなかった。

「今日だって、葛西くんの引っ越し祝い兼同棲生活スタート祝いを贈るってこと、急に言い出したりなんかして」

ちえりの愚痴がつづいている。おれが洗って、へたを取ったデザートの苺《いちご》をつまみながら、仏頂面で。

「葛西くん？」

話はちゃんと聞いてます、を伝えるために、おれは質問した。

「前、本店のバイトだった人。一度会ったじゃん、渋谷で。映画観に行ったとき」

「……ああ」

モテそうな雰囲気をふんわりと出している優男を思い出した。ちえりと同じくらいの年恰好だった。

「『カッコつけぞう』だけがプレゼントするなんて、こっちの立場ないじゃん。お世話になるんだしさ」

「だよなあ」

言ってから、足りないような気がして、

「やっぱり、ちょっと気がきかないかもな」

と付け足した。

「でしょう?」

ちえりが力強く応じる。

「ていうか、『カッコつけぞう』が葛西くんと連絡を取り合ってたっていうのが引っかかるんだよね」

うんうん、とおれは興味深く聞いてます、というふうにうなずいた。

「葛西くんて相野谷さんの親戚なんだよね。あたしはてっきり、葛西くんが三号店の店長になるもんだと思ってて……」

「でも、辞めちゃったんだろ?」

「なんか夢を追いかけるためらしいんだけど、あいつのことだからモノにならないだろうって相野谷さんが言ってた。結局、うちの店に戻ってくるだろうって」

うんうん、なるほど、とおれ。さもありなんというふうに。

「あの二人が仲がいいってことはさ、二号店の店長になる『カッコつけぞう』と、三号店の店長になるかもしれない葛西くんが組むってことじゃない？」

「組む？　組んでどうすんだよ」

「分からないけど、二対一になるじゃない？」

「二対一？」

「『カッコつけぞう』と葛西くんの連合軍と、あたし」

「敵対関係？」

「それはどうかな。現段階では分からない。はっきりしてるのは、数では負けるってこと」

真顔でつぶやくちえりを見て、アグレッシブだな、とおれは思った。ちえりが数にこだわる人間だとは知らなかった。数は力と思い込み、パワーバランスに敏感なんて政治家みたいだ。

「かといって、葛西くんが夢を追いつづけたら、三号店の店長は愛人女になっちゃうし……。ねえ、枕営業でのしあがるのって、ダサくない？　だけじゃなくて、人の道に外れるよね」

痛し痒《かゆ》し、という表情でちえりは苺に唇をつけたり離したりしている。

「それだけは阻止したいんだよね」

きっぱりと宣言し、苺を口に入れた。

「……なんかいろいろあるみたいだな」

職場の裏を必死で探るちえりの目つきが、まぶたの裏に浮かんだ。目玉を忙しく動かし、ギラギラとした光を放っている。

「まったくもう、身重だっていうのに」

まだふくらんでいない腹をさすり、ちえりは気苦労が絶えない、というふうに長い息を吐いた。

おれは、ちえりの「身重アピール」が職場でうっとうしく思われていないかどうか、気にかかった。おれたちにとっては大きな出来事だが、他人からしてみれば、そうでもないんだよ、と注意を促したかった。しないけど。

妊娠出産は命をかけた大仕事だ。ちえりが重大な任務を帯びた気持ちになるのも分かる。その気持ちに素直にしたがうちえりが、おれはやっぱり可愛くてならない。

職場のことだって、ちえりの素直さの表れなんだろう。大げさに言えば、自分の腕一本で出世街道を歩んでいるちえりにしてみたら、何もかもが初めての経験だ。初めてゲームに参加したような感覚なのだろうと想像する。まずまずの収入で満足するようになり、ゲームから降りたおれとしては想像するしかできないのだが。

「応援してるからさ」

ちえりの手を握った。ちえりもすぐに握り返した。しばし顔を見合わせ、ほほえみを交わしたあと、ちえりが自分の腹に目を落として、優しい声を出した。

「この子が生まれたら、家族のなかで昭和生まれはたっくんだけになっちゃうね」

「マジかよ」

驚いてはみたが、その通りだった。ちえりの出生年は一九八九年だ。元号が昭和から平成に変わった年だが、ちえりの誕生月は六月。平成生まれで間違いない。

「おれが高二のときに生まれた赤ん坊を嫁さんにもらうなんてなあ」

付き合っていたときから何度も繰り返した科白を口にした。おれたちはこの科白をとても気に入っている。この科白をきっかけにジェネレーションギャップの話を面白可笑しく語り合うのがある意味、様式と化していた。

「ってことは、たっくん、昭和から平成になったときのこと、覚えてるんだ」

「そりゃ覚えてるさ」

新しい元号は平成であります、と、時の官房長官が額縁を持ち上げたポーズをやってみせた。

「何それ？」

「おまえ、テレビとかで観たことないの？」

「んーあんま記憶にないかも」

「昭和は遠くになりにけり、だな」

言ったものの、おれだって「そのとき」の記憶はぼんやりとしかなかった。デパートやスーパーを始め、商店というものがすべて休みになり、テレビも一日中特別番組を放映していたことが印象に残っているくらいだった。

ああ、そうだ。

バレンタインデーに美雪からチョコレートをもらったのもこの年だった。二月だったから、平成の出来事である。

「懐かしいなあ」

口をついて出たおれの言葉にちえりが拗《す》ねてみせる。

「あたしの知らないことを思い出しちゃだめ」

ぷいと横を向く振りをしてから、にっと笑った。

「ったく、こどもがこどもを産むようなもんだな」

おれはちえりの頭をぽんぽん、と軽く叩いた。これもまた、おれたちのお気に入りのやりとりである。

第四章　宇宙船、風船

平成四年（一九九二年）

おもなできごと

二月	アルベールビルオリンピック開催
三月	暴力団対策法施行
四月	育児休業法施行
六月	国際平和維持活動（PKO）協力法案が衆院で可決
七月	バルセロナオリンピック開催
八月	JR東日本、山手線の全駅で禁煙を実施
九月	毛利衛がスペースシャトル・エンデバーに搭乗
十一月	ビル・クリントンが第四十二代アメリカ合衆国大統領に当選 アメリカ大陸を目指し出発した風船おじさん、消息不明に

●第四三回NHK紅白歌合戦

紅組司会	石田ひかり
白組司会	堺正章
総合司会	山川静夫アナウンサー
審査員	有森裕子、伊藤みどり、曙太郎、富司純子、森光子、高橋克彦ほか
紅組トップバッター	森口博子「スピード」
白組トップバッター	SMAP「雪が降ってきた」
紅組トリ	由紀さおり「赤とんぼ〜どこかに帰ろう」
白組トリ	北島三郎「帰ろかな」
視聴率（関東）	第一部40・2％ 第二部55・2％

※ビデオリサーチ調べ

平成二十年（二〇〇八年）

おもなできごと

六月	秋葉原通り魔事件発生 東京都墨田区に建設される地デジ放送用のタワーの名称が「東京スカイツリー」に決定
七月	taspo（タスポ）、全国でスタート
八月	北京オリンピック開催
九月	アメリカの大手投資銀行リーマン・ブラザーズが経営破綻（リーマン・ショック） 麻生太郎が第九十二代内閣総理大臣に就任
十月	松下電器産業が社名を「パナソニック株式会社」に変更
十一月	バラク・オバマが第四十四代アメリカ合衆国大統領に当選

◉第五九回NHK紅白歌合戦

紅組司会	仲間由紀恵
白組司会	中居正広（SMAP）
総合司会	松本和也アナウンサー 小野文恵アナウンサー
審査員	本木雅弘、吉田沙保里、上野由岐子、松本幸四郎、姜尚中ほか
紅組トップバッター	浜崎あゆみ「Mirrorcle World」
白組トップバッター	布施明「君は薔薇より美しい」
紅組トリ	和田アキ子「夢」
白組トリ	氷川きよし「きよしのズンドコ節」
視聴率（関東）	第一部35・7％ 第二部42・1％

※ビデオリサーチ調べ

栄人

彼女が軟化しても、葛西くんは帰らなかった。

「うん」、「分かってる」、「大丈夫だから」。面倒げな猫撫で声で応答したのち、「盛り上がって終電に間に合わなくなったら、泊めてもらうから寝てていいよ」と彼女に告げた。

「怒ってないって」

笑いながら繰り返し、

「明日、早番でしょ？　いいから、もう寝なさい」

と優しい声でささやき、通話を終えた。

「泊まるの？」

訊くと、iPhoneを胸にしまって、頭を掻いた。

「男には男の付き合いがありますからね。それに向こうが反省しているからって、飛んで帰って仲直りっていうのも、どうも」

葛西くんが言うには、もしも向こうから「あたし、ちょっと怒りすぎたみたい。ごめんね、早く帰って来て」と連絡してきたら、マッハで帰宅するのにやぶさかではなかったのだが、こちらのほうからご機嫌伺いのような電話をしてからではできかねるとのことだった。

「それでもイソイソと帰るような男は、結婚してだらしなく太っちゃうようなやつですよ」

まー男だけじゃないですけどね、と付け加え、いい音を立ててぬか漬けを食べた。

「長い付き合いでも緊張感が大切だと、そう言いたいわけだね」

「ですね」

「でもそれだと安らがないでしょう？」

「メリハリはあったほうがいいんじゃないんですか？」

何やら考えをめぐらしてから、葛西くんがつづけた。

「うっすらとした危機感が常にそこはかとなく漂っているからこそ、いつまでも男と女でいられるのではないかと」

なるほどねえ、とぼくは平淡に相槌《あいづち》を打ち、葛西くんにお祝いを渡した。

「店の商品だけど」

「いや、それ、いっちゃん嬉しいですよ」

早速葛西くんは包みを開けた。

「こっちが蒲生さん。で、こっちがちえりさんチョイス」

にやりと笑って、それぞれ指差す。ぼくも目で笑った。

「ご名答」

「ですよねー」

トマト型のシリコンスチーマーとカッティングボードを少しのあいだ見つめ、葛西くんは鼻から短い息を漏らした。

「ちえりさんが考える『カワイイ』の方向って安っぽいんですよね」

「大衆的って言ってあげようよ。そういうセンスも店にとっちゃ大事なんだから」

ちえりちゃんの選んだ商品は、しばしばブログが炎上する元アイドル、現ヤンママタレントの某《なにがし》が好みそうなデザインだった。

「たしかに一定の需要は見込めるでしょうね」

葛西くんがちょっとむつかしげな顔つきをした。ビジネスの話をしている、という感じだったのだが、「いや、でも」と噴き出し、かぶりを振った。

「あのひとが本店の店長になるのは解《げ》せないっすよねえ」

「そう？」

ぼくは（事情は分かっているけれども、あえてというふうに）とぼけた。葛西くんも同様の空気を発しつつ、うなずく。一拍、間を置き、口をひらいた。

「これで三号店の店長がカオナシになったら……」

カオナシというのは、ぼくと葛西くんがつけた三号店の女性のあだ名だった。痩せていて、顔が長くて、陰気なのだが、何かことがあったら暴走しそうな雰囲気を秘めている。ぼくらは、そんな彼女を『千と千尋の神隠し』における登場人物になぞらえたのだった。

葛西くんは、はっきりしない態度をとるぼくを探るように見た。

「三人いる店長のうち、二人が社長の愛人と元愛人ってことになっちゃいますよね」

「……そして残る一人が社長の縁故でなおかつ新入り」

かすかに笑ってみせたら、葛西くんは少し慌てた。

「それはオッケーなんじゃないですか？　蒲生さんなら器的に店長になっても全然おかしくないし」

「そう？」

「そうですよ」

「そうかなあ」

「そうですって」

予定調和じみたやりとりのあと、ぼくは、病院を経営する母の兄夫婦にこどもがいないことを葛西くんに打ち明けた。

「そろそろ来てくれって言われてるんだよね」

大振りな動作であぐらをとき、伸びをしたのちからだを横向きにして、ベッドに肘をつき、頭をささえる。

「後継者として、ですか？」

葛西くんの質問に、「まあね」とうなずいた。

後継者の件は、母方の一族では棚上げされたままだった。祖父母が亡くなり、伯父が理事長に就いてからだから、もう二十年近くものあいだ、ずっと。

「今は医者じゃなくても病院の理事長になれるらしいんだよね」

ぼくは頬をゆるめてみせた。

その気になりさえすれば、いつでも病院の理事長になれる。

葛西くんの「夢」と同じく、それはぼくの「お守り」である。

意識したのは、地下鉄会社を退職したときだった。父のくれたチャンスを棒に振るかたちになり、初めて、自分に残された最後の札が鮮明に頭をよぎった。

まさに切り札であり、とっておきのスイッチだった。

そのような考え方は、本来、ぼくの好みではなかった。無職になっても「まだ大丈夫、まだ大丈夫」とぶるぶる震えながら必死で唱える卑小なぼくと、地下鉄会社であくせく働く連中を「結局、他人に雇われる一生だよね」とせせら笑ってみせるもっと卑小なぼくが、心の奥にいるようだった。

どちらのぼくも哀れだった。まるで社会から落ちこぼれた者のようだった。挫折した者のようでもあった。尚且《なおか》つなんだか泥臭い。ぼくの趣味ではなかった。

地下鉄会社への就職は自ら欲したわけではない。つまり世の中の多くの人たちのように奮闘努力して勤め先を確保したのではない。けれどもぼくは――いくぶん口はばったいのだが――、そういう、いわゆる「恵まれた環境」に甘えるだけではなかった。毛並みだけが取り柄の新入社員ではなかったのだ。決して無能ではなかったし、やれるだけのことはやった。それでも周りは色眼鏡で見つづけ、ぼくを正当に評価しようとしなかった。

退職はやむを得なかったのだ。そうだ、やむを得なかった、とまあ、こう繰り返すこともまた、ぼくの趣味ではなかったのだが、当時はそう自分に言い聞かせたものだった。

半年以上経ってから、バイトを始めた。小中学生を対象にした通信教育の添削だった。画廊の受付をやったこともあるし、イタリアの老舗《しにせ》ブランドで靴を売ったこともある。バーでオンザロックスを作ったこともあるし、高級ヴィンテージショップでマダム相手にオートクチュールを勧めたこともあった。どれも短くて三カ月、長くて一年弱、勤めた。

(さあて、次は何をやってみようかな)

社会見学をするような気分でバイト先を変えた。さまざまな社会のかたすみを観光客のように訪問するのは、ぼくの性《しょう》に合った。ぼくはきっと、外側から観察するほうの人間なのだ。

コネも何もないバイトという身分は軽やかで、勤め上げる義務も義理もないと思えば、周囲の人たちとうまくやれた。ぼくは、どの職でも能力を発揮できたし、どの職を辞めるときも、熱意を持って引き止められた。

時期が来れば、とっておきのスイッチが目の前に現れるはず。そうなったら、軽やかな身分ではいられない。だからそれまでは好きにするさ。少しオーバーだけど、ぼくは王位を継承するまではまだ間がある第一王子のような気持ちで、毎日——つかのまの休息ってやつ——を愉しもうとしていた。

その時期が近づいた、と感じたのは二〇〇八年だった。

春、父が古稀《こき》を迎えた。

虎ノ門にあるホテルのなかの中華料理店で食事会をひらいた。メンバーはぼくら家族と、母方の伯父。例の病院経営者だ。歳の離れた父の兄姉はとうに他界していた。同年輩である伯父は父と気が合うらしい。母が電話で会食の件をつい漏らしたら、上京し、参加することになったのだった。

伯父はおっちょこちょいと言ってよいほど陽気な人物で、店からプレゼントされたシャンパンで乾杯したときから、お祝い会は明るいムードに包まれた。

フカヒレの姿煮、北京ダック、牛ホホ肉の煮込み。円卓に次々と運ばれる料理に舌鼓を打ちつつ、時計蒐集《しゅうしゅう》、あるいはゴルフ、はたまた禁煙と、伯父は父の趣味や変化を話題にし、主役を盛り立てた。

「ちょうどテレビ番組の撮影をしててね」

父は先日参加した都庁時代の同期とのゴルフコンペの話をした。

「芸能人が来てたんだよ、えっと、なんていったかな」

固有名詞がなかなか出てこない父に、伯父がすかさず、「頭が真っ白になって」と耳打ちして、一同を笑わせた。

その頃、ある高級料亭のスキャンダルが持ち上がり、謝罪会見で女将《おかみ》が息子である社長に、言うべきことや言い訳をささやきで指示する映像が話題になっていた。

「――頭が真っ白になって」

伯父のささやきを、父は照れながら復唱した。ふたたび座がどっと沸いた。きっかけを作っておきながら、伯父が「しーっ、静かに。あんまり騒ぐと出入り禁止になりますぞ」と口元に人差し指を押し当てて、皆また大笑い。「やだ、個室なんだから平気よ」と母が混ぜっ返すそばで、父は美しい白髪《しらが》をしきりに撫で付け、微笑していた。

父は口数が少ないほうだ。冗談も滅多に口にしない。ではユーモアを解さないのかというとそうではなくて、だれかが面白いことを言えば、うつむいて、ひっそりと頬をゆるめる。

地下鉄会社に勤めていたときに上司から聞いた話だと、「雄弁ではないが、言うべきときは、はっきりと意見を述べるタイプ」だそうで、職場では一目置かれていたらしい。意見を述べるといっても、組織に楯突《たてつ》くことはなかったはずだ。そのあたりの塩梅《あんばい》は心得ていたにちがいない。定年後の天下り先を確保したのがその証拠だ。

とまれ、父は伯父と一緒だとリラックスするようだった。伯父に乗せられ、ちょっとふざけることもできる。ぼくたち家族も遠慮なく父を笑うことができた。

「しかし、羨ましいですなあ。こうやって家族に古稀を祝ってもらえるというのはね。覚《かく》さんはしあわせ者だ」

琥珀色《こはくいろ》の老酒《ラオチュウ》をちびちびやりながら、伯父が父に言った。同じく氷を浮かべた老酒を舐めていた父がべに色に染まった顔をほころばせて、伯父にうなずいた。

「未だに孫の顔を見せられてないのが残念。というか不甲斐《ふがい》ないかぎり」

五目炒飯《ごもくチャーハン》を取り分ける手を休めず、姉が口を挟んだ。

「ほんとよ。お友だちのなかで携帯の待ち受けが孫じゃないのはあたしだけなんだから」

姉にちいさな碗《わん》を手渡しながら、母が舌を出した。ややオーバーな表現だったのだろう。

「そのネタ、一昨年《おととし》も聞きましたが」

姉は顔をかたむけ、母に会釈するような身振りをした。一昨年は母の還暦祝いをおこなった。

「三十八になるのよ」

母が隣席の父、その隣の伯父へと五目炒飯を配りながら、姉の年齢を小声で告げた。

「ほう」と伯父がゆっくりと驚き、父も、「そんなになるか」と改めて驚いた。

「もうなんか光陰矢の如《ごと》しですよ」

姉はちびまる子ちゃんみたいなおかっぱ頭を揺すってみせた。たまちゃんがかけているような眼鏡のつるに指をあて、何かご質問は？　というふうに伯父を見た。

「漫画のほうはどうなったんだい？」

「まーぼちぼち」

伯父の問いにたいし、手短に答えた。代わりに母が説明した。

「ずうっとアシスタントをしてた先生のプロダクションで、今、マネージャーみたいなことをやってるんですって」

「そういう仕事のほうが漫画描くより向いてたってこと」

姉は極めてさっぱりとそう言い、ぼくの前に五目炒飯を置いた。

ぼくはレンゲに載せた炒飯を口に運びつつ、姉の表情を窺った。発売されたばかりのミネラルファンデーションを使っているはずなのだが、ほとんど素顔に見えるほど化粧が薄かった。もっともそのファンデーションを選んだのは「つけたまま眠れる」という謳《うた》い文句が気に入っただけだったらしいのだが、ともかく。

奇妙な言い方だろうが、姉はこどもの頃から童顔だった。常に歳より幼く見えた。三十代になっても同じだった。とても若く見えた。だが、その若さは、時間に置いていかれたような若さだった。

中学時代から漫画の投稿をつづけ、高校二年で努力賞だか奨励賞を獲《と》ったのを皮切りに、何度も道がひらきかけ、そのつど、壁にはばまれた。理由はそれぞれちがっていたようだった。詳細は知らない。姉は、「要はいいものが描けなかったってこと」としか言わなかった。

天才と呼ばれる先生のプロダクションで番頭のような存在になり、そちらの役割で重用されるようになり、番頭で行くぞ、と本人も腹を決めたあたりから、姉の顔に「時間」が戻ってきたように思う。

五目炒飯を食べながら見る姉の横顔は、依然、幼さが勝っているものの、かつての取り残されたような若さはなかった。

「そして、こちらは今年三十六になります」

姉がバスガイドのように、手のひらでぼくを指した。

「フリーター歴何年だったっけ?」

「いいじゃないの、お姉ちゃん」

姉の言葉を母が止めた。

「栄人くんだって、いろいろ模索してるんだから」

まあ、いつまで模索してるのかしらとは思うけど、と独りごちたあと、

「これぱっかりはねえ」

と父にうなずきかけた。

「うん」

まあ、そうだな、と父が耳の裏を掻いた。

「本人が」

と言いかけ、止めた。苦笑いに情けなさと憤りを一滴ずつ垂らしたような顔つきで唇をかすかにわななかせたあと、

「本人の」

と言いかけ、また止めた。

「坊主、どこもシックリこないか?」

伯父がぼくに訊いた。闊達《かったつ》、と大書された紙が目に浮かぶような表情であり、声音

だった。伯父は昔からぼくを坊主と呼ぶ。

「ええ、まあ。そうですね」

ぼくはレンゲを置き、頬に手をあてがった。地下鉄会社を辞めてから六年が経過していた。

「坊主がすっかり気に入って、最初っからシックリくるようなところなどどこにもないとは思わんか？」

ぼくが答える前に、伯父は言い直した。いや。

「まだ気づかんか？」

あ、と頬から手をはずしたら、伯父はごちそうをたいらげたせいでいつもよりふくらんだお腹を分厚い手のひらで撫で回していた。そのお腹を見ながら、ぼくは答えた。

「そりゃまあ、うすうすは」

気づきつつあった。

社会見学気分で渡り歩いていたバイトだったが、さすがに年齢がハードルになり、「次」が決まるまで時間を要するようになっていた。軽やかな身分で仕事をする愉しさにも飽きがきていた。

地下鉄会社でもうちょっと辛抱できなかったのか、というようなことも、ごくたまにだが考えるときがあった。

もしも問題というものがあるとすれば、ぼくのほうかもしれなかったりしてね、と思うときもあった。

けれどもぼくは自分自身を変えるつもりはなかったし、変えられないと知っていた。そもそも「問題」なんてあるのだろうかという疑問も消えていなかった。

「うすうすか」

わっはっはと伯父は笑い、

「それでもまあ、坊主にしちゃ大した進歩だ。なあ？」

と肘で父を小突いた。父は額に手をあて、伯父に幾度か頭を下げた。

「で、だ。坊主、いつ、その気になる？」

「はい？」

「おれに一から鍛えてもらう気になるのは、いつになりそうだ？」

伯父は腕組みした。伯父は顔も、体も大きく、そして丸い。ブラックスーツを着ていたので、黒いだるまが座っているようだった。

「ああ、それは……」

口ごもっていたら、伯父がストップ、というように右手を突き出した。指をいっぱいにひらいていた。

「五年だ。五年待ってやる」

はあ、と曖昧《あいまい》にうなずいたら、伯父がこうつづけた。

「おれが古稀になるときまでに覚悟を決めとけよ、坊主」

にやりと笑って、付け加えた。

「使い物にならなかったら、送迎バスの運転手な。教習所代くらいは出してやる。いいか、坊主。おれはいくら甥《おい》だとしても、ぼんくらに理事長をさせたくないんだよ」

恰好よく啖呵《たんか》を切ったのだが、帰り際、伯父は父に、

「でもさあ、覚さん。おれ、やっぱり身内に譲りたいって気持ちがあってさ」

と白状していた。

「その五年後っていうのが今年なんだよね」

「マジすか」

「マジだよ」

ぼくは葛西くんに重々しく告げた。

「二〇一三年六月がタイムリミット」

「半年切ってるじゃないですか」

葛西くんは、なぜか、半笑いだった。

「決断の日が迫ってるじゃないですか。刻一刻って感じで」

言いながら、堪えきれずに笑い出した。

「そうなんだよね」

ぼくも笑った。なんだか無性に可笑しかった。二人して女性のあえぎ声じみた裏声を発しながら、ひとしきり腹を抱えた。

ぼくのまぶたの裏には、父の古稀のお祝いをした中華料理店の壁の模様が広がっていた。花か葉っぱかまでは覚えていないが、紋のような図柄が縦に規則正しく並んでいた。床は赤だった。深い赤の絨毯《じゅうたん》が敷いてあった。椅子の背と座面も赤で、円卓は濃い茶色だった。

つづいて、出席者の顔がぐるりと回る。姉、母、父、伯父、ぼく。伯父以外は中途半端な表情をしていた。いつ終わるか知れない長くて単調な物語を読んでいるような顔つきだった。

まばたきしたら、北海道の風景が広がった。

何度もあそびに行ったが、もっとも印象に残っているのは小学校二年生のときの夏休みだ。母の実家の近くの公園で同い歳くらいの男の子と少し話した。ぼくのほうから話しかけた。

その子は人工池のはしのほうで、「とう!」とか「おのれー」とか言いながら一人で水を蹴上げていた。空想の怪物と闘っているのだ、とぴんときた。ぼくも一人で部屋にいるとき、たまにやる。

その子の闘い方は、部屋でこっそり闘うぼくより、ダイナミックで、真剣だった。ぼくは、その子と親しくなりたくなった。それは無理だとしても、話くらいはしてみたかった。

――飛行機、乗ったのか!

あの男の子は大きな目をさらに大きくした。すぐに、飛行機くらいたいしたことない、とつぶやき、言った。

――ロケットっていうんなら、べつだけどな。

今度はぼくが目を見張る番だった。

――ロケット!

そしてぼくは、それまで胸にしまっておいた夢を思わずその子に打ち明けた。

――スペースシャトルに乗りたいなあ。

残念ながら、その子はスペースシャトルを知らなかった。ぼくだってくわしくはなかった。父が新聞か雑誌に載っていた記事をかいつまんで教えてくれた知識しかなかった。でも、それで充分だった。何度も宇宙に行き、何度も帰ってこられるスペースシップがもうすぐできる。夢のようだ。夢よりも夢みたいだ、と興奮した。コロンビアが宇宙に飛んだのはその明くる年だった。


「……実はもう一つ決断を迫られていることがあってね」

ビールを飲もうとしたが、カラだった。

「店長オア理事長、どっちにするか問題のほかにですか?」

葛西くんもビールを飲もうとしたのだが、カラだったようだ。缶を振ってみたあと、軽くつぶして、脇に置いた。

「もっと飲みたいよね」

言うと、

「そんな気分ですね」

と答える。ぼくは立ち上がり、ドアを開けた。

「ビール持って来てくれる?」

隣の部屋のドアを叩き、部屋に戻って腰を下ろしたら、葛西くんが訊いた。

「お姉さんですか?」

「いや」

「え?」

「姉はね、去年から独り暮らしを始めたんだ」

「彼氏でもできたんですかね」

「彼氏はその前からいたみたいなんだよね。ずいぶん歳下の若手漫画家らしいんだけど」

「へぇ」

葛西くんは気のない相槌を打った。姉の恋愛関係には興味がないようだ。

「で、今声かけたの、だれなんです?」

と訊く。

「ていうか、決断を迫られてることって?」

と重ねた。そのとき、ドアがノックされた。ぼくは葛西くんに「ちょっと待って」という身振りをして、ドアを開けた。

「ありがとう」

礼を言って、冷えたビールを受け取り、こちらを見上げる葛西くんに、こずえちゃんを紹介した。

「この人、ぼくの彼女」

「こずえです」

栄人くんがいつもお世話になっています、ゆっくりしていってくださいね、と普段よりもゆっくりとした、物柔らかな口調で挨拶し、絶妙な間を置いてから、ドアを閉めた。

葛西くんが好奇心いっぱいの目でぼくを見る。確認したいことが山ほどある、と言いたげだ。

「同棲ですか？　それとも下宿？」

「流れでいうと、押しかけてきて、居着いたというかね」

「親公認？」

「まあ、そうだね」

「婚約者ってことでいいんですか？　内縁の妻って感じですか？　もしや入籍済みとか？」

「結婚はしてない」

まだ、と付け足し、ぼくはビールのプルタブを起こした。ぷしゅっと音が立ち、泡が少しあふれた。

「高校時代からの腐れ縁の彼女でさ」

「二十年以上、付き合ってるんですか！」

「や、そういうわけでは」

「あー、くっついたり別れたりを繰り返して、ってやつですね」

「んーそれもちょっとちがうんだけどね。別れて、しばらく経ってから再会して、友人としてたまに会う程度の付き合いが長くつづいて……」

かなり端折《はしょ》って説明していたら、ドアが開いた。こずえちゃんが缶ビール片手に入ってきて、ぼくの隣に正座する。

「でも、あたしはいつだって栄人くんしか見てなかったの。十六歳のときから、ずうっと」

しんみりとした口調で葛西くんに告白した。「えっ」と口のなかで驚いたぼくをよそに、葛西くんは、

「初恋だったんですね」

と言い、

「初恋が実ったんですね」

と言い直した。

こずえちゃんは微笑を浮かべてうつむいた。

「まだ実ったわけじゃ……」

膝の上に置いた缶ビールをゆらゆら揺らす。

「でも、がんばる」

顔を上げてそう言うと、葛西くんが即座に、

「そうですよ!」

と励ました。

「ここまできたら押せ押せですよ。とくに蒲生さんみたいなタイプは女の人のほうがよほどがんばらないと、動きませんからねぇ」

調子よくこずえちゃんに合わせたあと、葛西くんはぼくに言った。

「蒲生さんはこういう形じゃないと結婚しないいんじゃないかなあ、って前々から思ってました」

「こういう形って?」

「外堀を完全に埋められるってパターン」

「ああ、そういうのね」

　ぼくはかすかに笑った。と、ヒョウ柄のトランクスをはいたミッキー・ロークが猫パンチを繰り出す映像がよぎった。

　次に、オレンジ色のフライトスーツに身を包み、真っ白い歯を見せながらエンデバーに乗り込もうとする毛利衛《もうりまもる》さん。スペースシャトルのなかで歯磨きをする毛利さんや、りんごの皮をむく毛利さんが現れては消えた。

　一種の連想ゲームのように、映像として記憶していないものも、ぼくの脳裏を駆け抜けた。檜《ひのき》でできたゴンドラに何十個もの風船をくりつけ、太平洋横断を目指し飛び立って消息を絶った、いわゆる「風船おじさん」である。

　たぶん、全部、同じ年の出来事だ。ええっと、毛利さんのミッション名は「ふわっと'92」だったから――。

「一九九二年か」

　独り言が口をついて出たのだが、こずえちゃんも葛西君も聞こえていないようだった。

拓郎

　そうだ、一九九二年だ。

　おれは、「あ」と口を半びらきにして、腹のなかでつぶやいた。

「赤ちゃんのためならエンヤコラ」

　隣でちえりが鼻歌を歌っている。

　少し前までおれたちは去年の紅白の話をしていた。夫婦になって初めて観た紅白だった。美輪明宏《みわあきひろ》の「ヨイトマケの唄」がすべてをさらったと言ってもいい回である。

　去年の大晦日《おおみそか》、それまでぺちゃくちゃお喋りしていたおれたちも、美輪明宏が歌い出したら口をつぐんだ。自然と前傾姿勢になった。気がつくと涙が頬を濡らしていた。

「この歌で、こんなふうに一緒に泣けるのは、あたしにとって、たっくんだけ」

　そのとき、ちえりはそう言った。

「だな」

おれはちえりにティッシュを渡し、自分もボックスから一枚抜き出し、洟をかみながら同意した。

おれもちえりも「ヨイトマケの唄」の「ぼく」のように大学は出ていない。長じてエンジニア（に代表されるエリート）にもなっていない。母は現場で働く日雇い労働者ではなかったし、だからそのせいで虐《いじ》められた経験もない。

だが、二人とも共働きの労働者のこどもだった。ちえりの田舎《いなか》は八戸《はちのへ》で、父親は旋盤工として町工場で働いていた。母親は中華食堂の洗い場係だ。結婚の挨拶をしに行ったときに会った。タイプはちがうが、どちらも地味な顔つきをしていた。

痩せ形の父親は猫背で頬骨が高くて鼻の下が長かった。黄色い歯をしていて、白目は灰色だった。うずくまるような姿勢であぐらをかき、ひっきりなしに煙草《たばこ》を喫《す》っていた。あまり動かず、あまり喋らず、そしてあまり笑わなかった。

太《ふと》り肉《じし》の母親はちえりみたいな丸い目をしていた。父親よりは社交的だったが、話し出す直前に上唇をちょっとめくり上げるのがくせのようで、そのたび、血色のわるい歯茎が覗いた。

ちえりは、家族のなかではスーパースターだった。なにしろ高校時代からおこなっていたバイトを卒業してからも継続し金を貯《た》め、上京し、都心のインテリアショップで店長代理にまで登りつめたのだ。

出前の寿司がメインだった挨拶後の食事会でも、英雄のように振る舞っていた。景気のよくない酒屋の長男と所帯を持った姉を、家中でちえりしか使わない標準語で大いに励ましたあと、甥と姪《めい》に小遣いをやった。小遣いは両親にも渡していた。どちらも控えめなキラキラのついた桜の花びらが舞うぽち袋に入れてあった。「Switch of Life」の商品だ。

くどくどと礼を言う両親と姉に、「そのぽち袋、あえてなんにも書かないでおいたから、もう一回使えるよ。それ、うちの店じゃ売れ筋なんだ」と顎をしゃくって説明し、彼らを恐縮させ、ありがたがらせた。

実家でのおれの態度も同じようなものだった。おれたちは歳の差こそあるけれど、環境という点では似た者夫婦だ。

「たっくんと出会えてよかった」

ティッシュで涙を拭くちえりを、おれはやや乱暴に抱き寄せた。おでことおでこをコツンとくっつけ、ぐりぐりと押し付けた。

「だな」

ありがとう。好きだよ。可愛いやつ。おれもそう思うよ。おれは短い言葉にその四つの意味を込めた。込めながら、かすかな違和感を抱いていた。

おれと出会う前のちえりの男関係のことだった。

若いちえりの交際相手の人数など、たかが知れている。それに、おれは相手の過去を気にするようなせこい男ではない。

だが、ちえりの「初めての男」がおれじゃなかったのは確実だった。ゆえに最低一名は、おれの前に男がいたはず。

おそらく、そいつは東京生まれで東京育ちのぼんぼんなのでは。おれはそう直感した。ちえりはきっと背伸びしてそいつと付き合い、そんな関係に疲れたのだろう。

話してくれてもいいのにな、ちっとも恥ずかしいことじゃないのに。だって、おれの直感が当たっているとすれば、おれと雅美が離婚に至った経緯とそんなに変わらない。そういう点でもおれたちは似た者夫婦で、ちえりが打ち明けてくれれば絆《きずな》がさらに深まるはずだ。

おれは雅美との一切を包み隠さずちえりに話していた。

「……分かる、分かるよ、たっくんの気持ち」、「しんどい経験をしたからこそ、今のたっくんがあるんだね」、「あたし、その雅美さんって人より絶対得してる。だって、今のたっくんのほうが、昔のたっくんより全然いい男だもん」。

ちえりは、おれがものすごく嬉しくなるようなことを言ってくれた。だが、おれがさりげなく水を向けても、自分の過去は話そうとしなかった。いや、話すことは話した。高校のときにサッカー部のキャプテンと一瞬付き合ったことがあるらしい。

キャプテンとは「超プラトニックな関係」だったそうだから、そいつがちえりの「初めての男」ではない。ちえりの告白をそっくり信じるとするならば。

・でも、まあ、いい。だれにだって隠したい過去はある。繰り返すが、おれは相手が言いたがらない過去の出来事をどうにかして探ろうとするようなせこい男ではないのだ。

おれがかすかな違和感を払いのけたら、ちえりは言った。

「やっぱり親には感謝してる。あたしがこうしてしあわせにしていられるのも、本《もと》を正せば、親のおかげなんだなって思う。親がいなかったら、あたしはこの世に存在しなかったんだし。親孝行しなくちゃね。孝行したいときに親はなし、って言うじゃん」

涙で濡れた目でおれを見つめ、ちえりは鼻をくすんと鳴らした。

「だな」

一応そう返したのだが、おれの胸はざわついていた。

八戸で垣間見たきりだが、ちえりの両親にたいする態度は、「威丈高」と「けんもほろろ」が合体していた。

この件については、おれの目があるから照れてるんだな、という解釈が成り立つ。しかし、結婚披露パーティに両親や姉一家を招《よ》びたくない、というのはどうだろう。晴れ姿を家族に見せたくないのか？　ウエディングドレス姿で、おとうさん、おかあさん、ありがとうございました、と感情を込めて自作の手紙を読んだのち両親に花束を贈呈し、そっと涙をぬぐいたくないのか？

ちえりはそういうことをするのが決して嫌いではないと思っていた。だから、「お世話になった親しい人たち」を招いて、「ささやかだけど心のこもった」結婚披露パーティをひらきたいのだと。たった一人でやってきた東京でりっぱに生活の基盤を築いた自分を、両親や姉に一目見せてあげたいのだろうと考えていた。

ちえりの考えは逆だった。東京の知り合いに自分の身内を見せたくなかった。

「お金もかかるし。あの人たちの旅費やホテル代もあたしが持たなきゃならないじゃん？」

「それくらいなら、おれが」

「もったいないよ。こどもが生まれるんだよ？　締めるところは締めないと。それに、うちの親を招んだところで肩身の狭い思いをさせるだけだし。そんなのかわいそうだよ」

「……だな」とおれが応じたのは、ちえりが必死な顔をしていたからだった。頬の皮膚が引き上げられたように突っ張っていて、いつもの柔らかさが感じられなかった。普段はくりくりとよく動く目から、鋭い光を放っていた。

「たっくんが二度目ってことで、ふたりとも最初はパーティをする気なんかなかったんだけど、友だちから『披露宴っぽいことをしないと一生かみさんに文句言われるぞ』とかなんとか脅されて、ほんとうにこぢんまりとした、形ばかりのものをやらざるを得なくなった、って言えば親だって納得するよ」

ちえりは「親を披露宴に招ばない理由」も用意していた。

その「理由」をそのままおれは自分の親に伝えた。

なのに、「ヨイトマケの唄」を聴いて、親への感謝を口にするのは矛盾するのではないか。が、すぐに、親に感謝しているほうがちえりの本心なんだと思い直し、いや、親を東京の知人に見せたくないのも本心なんだと、さらに思い直した。

本心は一つとはかぎらない。四十にもなれば、それくらいは承知の上だ。なのだが、おれの可愛いちえりのなかに潜む、得体の知れない暗いものを見てしまった気がしてならなかった。それが、おれの胸になすりつけられたように残った。

ちょっと怖かった。だが、おれは女ってやつは腹のなかに暗いものを隠し持ってい る生き物だと、これも承知の上だったから、「こどもみたいに見えてもちえりはいっ ちょまえの女だったんだなあ」と思うだけだった。正確を期するなら、そう思うだけ に留《とど》めようとした。

そんなことをつらつらと思い出していたら、一九九二年の紅白が不意に脳裏をかす めた。

おれが初めて独りぼっちで紅白を観た年だった。社会人になって二年目の年。

社会人一年生のときの大晦日は勤務だった。新米駅員としてふるさとに帰る人々や、 初日の出を拝もうとする人々を案内していた。お盆や年末年始など、多くの人が長期 休暇を取る時期は、基本的に休めない。鉄道会社に就職したときから覚悟していたの で、大晦日、元日と勤めに出るのは気にならなかった。

むしろ人が休んでいるときに働いている事実が誇らしかった。日付が変わっただけ で、駅の空気も、街の空気も、「新年」に切り替わる不思議――「そこ」にあるもの はなんにも変わっちゃいないのに、でんぐり返しをしたあとみたいに目に映るものがちがって見える——を味わうのも面白かった。

二年目の大晦日は、泊まり勤務の明けに当たっていた。寮に戻ってひと眠りしたあと、風呂に入って、夕食をとった。風呂でも食堂でも同僚と普段と変わらぬ話を少し、した。

部屋に上がって、テレビをつけた。まずは「輝く！日本レコード大賞」だ。ベッドの上で、肘枕《ひじまくら》をしたり、壁に背中をくっつけてあぐらをかいたり、ひらいた足を伸ばしたりしながら、途中から観た。ベッドに置いた、たこくんや柿ピーやポッキーなんかをつまみつつ、ビールを飲んで。

米米CLUBの大賞受賞が決まり、カールスモーキー石井がジェームス小野田やシュークリームシュの踊り子たちをしたがえ、「たとえば君がいるだけで心が強くなれること　何より大切なものを　気付かせてくれたね」と歌い始めた。曲の最後のほうでエンディングロールが流れるのは例年通り。そしたら慌ててNHKに切り替えることも。おれは実家にいたときのように急いでリモコンを操作した。

もちろん、リモコンもベッドの上に用意していた。

紅白が始まっても、おれは上の空だった。柿ピー、ポッキー、たこくんとローテーションを守りながら、機械的にビールを喉に流し込んだ。

米米ＣＬＵＢの曲が頭のなかでリピートしていた。

あんな歌詞を聴いたら、美雪を思い出さずにはいられない。まして、朝、目を覚まし、今日は十二月三十一日だな、と思ったときからなんとなく美雪のことを考えていたのだから。

すでに美雪とは疎遠になっていた。その前年までは、仕事や新しい生活に慣れることで手一杯だったおれが連絡を怠りがちになっても、美雪はちっとも機嫌を損ねず、手紙を書いて送ってくれていた。内容はおもに美雪の近況報告だったが、それに絡めておれへの思いを綴《つづ》っていた。冒頭と末尾ではかならずおれの健康を気遣ってくれていた。

変化があったのは、遠距離恋愛二年目に突入した夏あたりだった。美雪からくる連絡の間隔がだんだん空いてきた。秋が深まる頃には、完全に途絶えた。

（……電話してみようかな）

一瞬、思った。その「一瞬」が頭のなかでリピートする米米ＣＬＵＢの曲の裏の拍子をとるように、何度もやってきた。

寮の電話を使うのはいやだったから、近くの公衆電話まで走ろうかとも思った。ベッドから下り、ダウンジャケットを着て、小銭が入っているのをさっと確認した財布をジーパンの尻ポケットにねじこむまではした。いや、ドアのノブに手をかけるところまでいった。

だが、おれは部屋を出ていかなかった。

今、電話をしたら、別れ話になる。曖昧にしていたことが輪郭を持つようになる、と思えて仕方なかった。

別れることになるんだろうな、とは思っていた。つまり、別れは決まっていると。もはや時間の問題だと。というか、実質、もう別れてるよな、と。それをおれの感情は水を飲むように受け入れていた。異議を唱える気はなかったし、元に戻す気もなかった。

それでも、おれは、「まだ」美雪と切れたくなかった。「もう少しだけ」つながっていたかった。言葉をかわさなくても、手紙をやりとりしなくても、おれは、「たとえば君がいるだけで心が強くなれる」のだった。

先輩や同僚や組合との付き合い方、昇進というもの——出世と言ってもいいし、社内での位置を築くこと、ひっくるめて将来と言ってもいいかもしれない。ただし、定年までと期限付きの——との関わり方や距離の取り方を含めて「仕事」なんだな、と薄ぼんやりとだが、分かりかけてきていた。

おれはこれから何十年も職場という海のようなものを泳がなければならないんだ、と。

遠泳みたいなものだ。そして遠泳は孤独だ。自分のペースを掴《つか》み、周囲に気を配りながらも、それを維持しなければならない。ときにスパートをかけることも必要だろう。

消えかけた点線のような美雪とのつながりを保留という形で残したおれは、若干落ち着きを取り戻した。通り過ぎていた紅白の画面が目に留まるようになった。曲も耳に入ってきた。

と、そのとき、モックンが登場した。元シブがき隊の本木雅弘《もときまさひろ》だ。解散後は役者として成功していた。しかも、アーティストというのか表現者というのか、おれはよく分からなかったが、「すごくセンスのいい芸能人」という評判をとっていた。とにかく、もう、いちアイドルではなかった。

(なんかすげえ)

これがモックンを観たときのおれの偽らざる感想だった。

モックンは、白い液体入りのふくらませたコンドームを七、八個、ネックレスのように首にかけていた。相当思い切った短髪で、眉もほとんど塗りつぶしたように見えた。外国のモデルみたいにしなやかに体をくねらせ、歌ったのは「東へ西へ」。井上陽水の曲だが、かなりアレンジされていた。シンセサイザー（というものだと思う、たぶん）の出す音が蛇のようにうねっていて、奇妙な異国情緒を漂わせていた。

こども時分から知っていた曲だった。この年、おれの胸に沁みたのは、テレビでは歌われなかった二番の歌詞だった。

「電車は今日もスシヅメのびる線路が拍車をかける」で始まり、「満員いつも満員床にたおれた老婆が笑う」とつづく。「お情無用のお祭り電車」で「身動き出来ずに夢見る旅路へ」、「だから」、「ガンバレみんなガンバレ夢の電車は東へ西へ」。

頭のなかにメロディが流れたら、父親の葬儀のシーンがよぎった。あれは二〇〇八年の出来事だった。

「赤ちゃんのためならエンヤコラ。たくちぇのためならエンヤコラ」

隣でちえりが腹をさすって鼻歌を歌いつづけている。

「たくちぇ」というのは、生まれてくるこどもの仮の名前だ。拓郎とちえりを合わせて、呼びやすくした。

おれたちはソファに座っていた。テレビに今日のニュースが映っている。ふと会話が途切れ、二人とも別の何かを考えている時間だ。

去年の紅白を思い出したのが呼び水となり、一九九二年の大晦日を思い出した。そうして、一九九二年の「東へ西へ」が二〇〇八年の記憶を運んできた。

父親の葬式でも、おれはモックンの歌を思い出し、引きずり出すように米米CLUBの曲を思い出し、「あのとき」の自分を思い出した。

父親が脳溢血《のういっけつ》で逝《い》ったのは二〇〇八年の十一月だった。あっという間だったらしく、報《しら》せが届いたのは臨終直後だった。明け方、トイレで倒れ、そのままだったらしい。通夜には間に合った。葬儀の段取りは裕美の旦那とその親が中心になって決めたようだった。

妹の裕美は頭のできがよくなかった。何を口にするときも、濡れた足でそこいらを歩く音が聞こえてくるような、締まりのない笑みを浮かべた。

札幌市内でも一、二を争う低レベルの高校をやっとこ卒業し、両親と同じ煮豆製造会社にパートとして勤めた。仕事は真面目にやっていたようだ。これも両親と同じ。昼休みになると、三人とも同じおかずの弁当を食べていた。

顔立ちと体型は母親に似ていた。薄いからだつきをしていて、鼻も口もちいさい。

目は父親譲りで大きな二重《ふたえ》だった。だれに似たのかは不明だが、胸が大きかった。おれが思うに、そのあたりが煮豆製造会社の社長の息子に見初められた所以《ゆえん》である。結婚まで行き着いたのは、締まりなく笑いながらほとんどイエスとしか言わない従順さが功を奏したからだろう。

裕美が煮豆製造会社次期社長夫人となったのは、おれが雅美と離婚した年だった。この年を境に、家族のなかでのおれの地位が微妙に揺らいだ。確定したのは、その二年後だった。裕美が第一子を出産したのだ。男の子だった。跡継ぎである。前後してヒラの営業だった父親が取締役に抜擢された。各種煮豆の入ったばかでかいポリバケツを引きずって運んだり、パック詰め作業をしていた母親は、事務員として給与計算をまかされた。

さらにその二年後、裕美が第二子である女の子を出産した年に義父が勇退し、裕美の旦那が社長に就任した。ゆっくりしたいと義母も退き、代わって裕美が取締役に名を連ねた。

おれの実家は、裕美のおかげで小規模に成り上がったのだった。家族内での裕美の株の上昇は天井知らずで、「期待の星」としてのおれの存在は、だいぶかすんだ。依然として一目置かれてはいた。裕美の旦那もおれを下に見なかった。

地方のちいさな煮豆製造会社の社長と、一応大手企業に勤め東京で暮らす会社員とではどちらが世間的に「上」（あるいは「恰好いい」）とされるのかは意見の分かれるところだろう。

おれは、おれのほうが「上」だと考えた。裕美の旦那も自分のほうが「上」だと考えていたようだった。

おれには、おれのほうが「上」だと考える根拠はフワッとしたイメージに過ぎず、稼ぎや肩書きだけを抜き出すと、向こうが「上」なんじゃないかという思いがうっすらとあった。向こうも逆のことをうっすらと思っていたようで、だからまあ、お互いにさりげなくリスペクトし合っていたわけだ。

ただし、おれの裕美の旦那へのリスペクトより、向こうのおれへのリスペクトのほうが深かったと思う。それはたぶん、向こうが小柄で小太りだったからだ。見てくれでは断然おれのほうが「上」だったのだ。

離婚を経験し、都会で独身生活を送っているという点も向こうのかすかなコンプレックスを刺激したのだと想像する。

裕美の旦那は、親の会社を継ぎ、同い歳の従順な妻を持ち、一男一女に恵まれ、順風満帆といえる人生を歩んでいた。だが、かれが乗っているのは小型船だ。ぬるい微風に追われて進んでいるのは大海ではなく、入り海。だからこそ幸福なのだと知っているから、大海原を自由気ままに泳いでいるように見えるおれに、かすかなコンプレックスを抱く。

滞りなく通夜の儀を終え、身内の者は葬儀会場に泊まった。

灯《あか》りを落とした会場の真ん中奥に祭壇があり、父親の写真が掲げられていた。海苔を貼り付けたような七三分け。黒々と髪を染めていたから、老けてしぼんだ顔がより目立つ。

（ぱっとしねえな）

祭壇の前に立ち、改めて父親の顔をながめ、おれは思った。

男ぶりのよさを自覚していて、ごくたまにではあるのだが、母親に向かって、結婚してもらえてよかっただろう、と、そんなことを冗談まじりで言っていた。享年六十二。男の平均寿命はたしか八十とかそれくらいだったと考えると、ずいぶんとまあ早死にだ。

「それでも五十過ぎた頃から、だんだんとよくなってきたからねえ」

いつのまにか母親が隣に立っていた。

「よくなってきた、ってなんだよ」

分かっていたが、訊いてみた。

「しょっちゅう言ってたよ、ここにきておれの人生は上り坂だな、ってさ」

「なるほどな」

おれは浅くうなずいた。よかったな、と言ったら、

「拓郎も裕美もどっちも自慢のこどもだって。どっちもりっぱにやってるって。こったらべっこの畑からでっかいカボチャが穫《と》れたようなもんだって、夜寝る前にね、言ってたことあったわ」

「カボチャかよ」

思わず笑った。ほんのわずかという意味の「こったらべっこ」という方言も久しぶりに聞いたし。

「大根だったかもしれない」

母親が首をひねった。「やー、蕪《かぶ》だったかなあ。スイカではないと思うんだけど」

と独りごちるので、

「なんでもいいよ」

と頭を搔いた。

「……桜子ちゃん、元気かい？」

母親が遠慮がちに訊いた。視線は父親の遺影に合わせたままだった。変な言い方だが、ひらたい横顔だった。後頭部のふくらみが少なく、鼻も低い。白くも黒くもないかさついた肌にはしみがいくつも浮き出ていて、そんな顔なのにピンクのトレーナーを着ていた。

「春に会ったよ。今年中学だからさ。元気そうだった」

うん、元気そうだった、とおれは繰り返し、背も伸びてたし、と付け加えた。

それから、おれは式場に敷いたふとんに入って目を閉じた。一九九二年の大晦日を思い出したのは、このときだった。

まず、髪の毛をさらさらと揺すりながら、はにかむ桜子の顔がまぶたの裏を過ぎ、その次に、美雪の顔がよぎった。雅美ではなく、美雪だ。奥二重、ちょっと上を向いた鼻、ちいさな顎。全体的にもっさりとした雰囲気だったが、口をひらくと途端に、しかも抜群に可愛くなった。パチッと灯りをつけたように表情が明るくなるのだ。

「ねえ、ねえ」とおれの視線を追いかけながら、一心に話す。美雪はいつもおれだけに向かって話した。おれのことがほんとうに好きなんだ、と伝わってきた。

「……思い出ってやつは入れ子式になってるんだな」

「え？　なに？」

ちえりが訊き返した。腹のなかで言ったつもりだったが、声が漏れていたらしい。

「いや」

おれはちょっと照れて、初めて独りぼっちで観た紅白の話をした。

「一九九二年だから、ちえりがまだ三歳のときだな」

ふうん、と気のない返事をしたあと、ちえりはテーブルに置いてあったスマホに手を伸ばした。「一九九二年ね」と言いながら、文字を打ち込む。少し経ってから、

「水曜日から始まる閏年《うるうどし》だって」

と画面を見せた。一九九二年を解説するウィキペディアがひらいてあった。へえ、と読もうとしたら、「だーめ」とスマホを手で隠す。

「あたしが読んであげるの」

と威張ってみせるので、「お願いします」と頼んだ。んんん、と喉の調子を整えたあと、ちえりは、一月、二月と「できごと」を読み上げた。おれはおとなしく聞いていたが、八月の「松井秀喜《まついひでき》五打席連続敬遠」というところで我慢できなくなり、甲子園時代の松井の怪物ぶりをたっぷり話して聞かせた。

ちえりは松井の怪物ぶりより、おれがノリノリで話していることのほうに興味があ

るようだった。顔をほころばせ、何度もうなずいた。おれが愉しそうにしていることを嬉しがっているのか、おれを愉しい気分にさせた自分の手柄を嬉しがっているのかは判然としなかった。きっと、その両方なのだろう。

「気が済んだかな？」

断りを入れてから、九月の「できごと」を読み上げる。

「毛利衛がスペースシャトル・エンデバーに搭乗し、宇宙空間に向けて出発」

……ああ、とため息のような声がおれの口から出てきた。

ばあちゃん家の近くの公園で会った東京の小学生。スペースシャトルに乗りたいと言っていた。あのときのおれは、スペースシャトルが宇宙船だということすら知らなかった。何度も宇宙に行き、何度も地球に帰ってこられるということも。

「……じゃ、次は十一月」

ちえりの言葉で我に返った。おれは公園での出来事を丁寧に思い出していた。

「風船おじさんがアメリカ大陸を目指して旅立つも、消息不明に、ってなにこれ」

謎すぎるんですけど、とちえりが笑った。

おれは、また、声を漏らした。それも一九九二年だったのか。

「ヘリウムガスを入れた風船を何個つけてもアメリカになんて行けるわけないじゃ

ん」

「風船おじさん」を検索したとおぼしきちえりが笑いつづける。

「考えれば分かるじゃん。ていうか、考えなくても分かりそうなもんじゃん」

「……だな」

と応じるおれの太腿《ふともも》にちえりが自分の足を載せた。

「ねえ、ねえ、ちょっと揉んでくれる？　むくんじゃって辛いの」

ソファの肘掛けを枕にし、スマホをスワイプしながらおれに言った。

「赤ちゃんのためならエンヤコラ。たくちぇのためならエンヤコラ。もひとつおまけにエンヤコラ」

鼻歌を歌い始める。よほど気に入ったようだ。

おれはちえりのふくらはぎを優しく揉みながら、気づいた。ちえりは桜子について何も訊かない。何歳になったとか、今どうしてるとか、もののついでにでも訊かれたことがなかった。ちえりは、きっと、たくちぇのことで頭がいっぱいなんだろう。

指で圧《お》すと、わずかに跡が残るちえりの白いふくらはぎを見ていたら、再度、一九九二年の大晦日が思い出された。

二〇〇八年に思い出した、一九九二年の大晦日だ。

「たとえば君がいるだけで心が強くなれること」

おれも鼻歌を歌った。「ガンバレみんなガンバレ」と曲を変え、「みんなじゃなくて、とくにおれ」と腹のなかで言い、こっそり笑った。

最終章　ほんのちょっとスペシャル

平成十五年（二〇〇三年）

おもなできごと

一月	朝青龍が第六十八代横綱に昇進
三月	アメリカ・イギリスによるイラク侵攻作戦開始
四月	六本木ヒルズ、グランドオープン
六月	有事法制関連三法が成立 りそなホールディングスに一兆九六〇〇億円の公的資金注入 SARS（重症急性呼吸器症候群）が指定感染症に指定される
十一月	イラク北部で日本大使館の公用車が襲撃され、日本人外交官二人とイラク人運転手が死亡
十二月	田村亮子、谷佳知が結婚 航空自衛隊の先遣隊がイラクに出発

●第五四回NHK紅白歌合戦

紅組司会	有働由美子アナウンサー 膳場貴子アナウンサー
白組司会	阿部渉アナウンサー 高山哲哉アナウンサー
総合司会	武内陶子アナウンサー
審査員	浅野ゆう子、五木寛之、末續慎吾、村主章枝、三谷幸喜、村山由佳ほか
紅組トップバッター	BoA「DOUBLE」
白組トップバッター	w-inds.「Long Road」
紅組トリ	天童よしみ「美しい昔」
白組トリ	SMAP「世界に一つだけの花」
視聴率（関東）	第一部35・5％ 第二部45・9％

※ビデオリサーチ調べ

平成二十四年（二〇一二年）

おもなできごと

四月	金正恩が朝鮮労働党の第一書記に就任
五月	北太平洋上を中心に中国、日本、アメリカなどで金環日食を観測 東京スカイツリー開業
七月	ロンドンオリンピック開催
八月	前田敦子がAKB48を卒業
九月	中国全土で日本の尖閣諸島国有化に反発して反日デモが発生
十月	山中伸弥医学博士のノーベル生理学・医学賞受賞決定
十二月	安倍晋三が第九十六代内閣総理大臣に就任

●第六三回NHK紅白歌合戦

紅組司会	堀北真希
白組司会	嵐
総合司会	有働由美子アナウンサー
審査員	尾木直樹、澤穂希、吉田沙保里、六代目中村勘九郎ほか
紅組トップバッター	浜崎あゆみ「2012 A SPECIAL メドレー」
白組トップバッター	NYC「NYC紅白メドレー」
紅組トリ	いきものがかり「風が吹いている」
白組トリ	SMAP「SMAP 2012'SP」
視聴率（関東）	第一部33・2％ 第二部42・5％

※ビデオリサーチ調べ

栄人

こずえちゃんとは、月に一度は顔を合わせるようになっていた。いつからだったのかは覚えていないが、気がついたら、そうなっていた。

連絡をしてくるのは相変わらずこずえちゃんだったが、以前のように理由は必要ではなくなっていた。「定期的」という空気ができあがっていて、日程調整だけで用が足りた。

とはいえ、こずえちゃんはたまに「理由」を持ち出した。

イベント感を打ち出すためだと思われる。「なんとなく会って、ただ、ごはんを食べるだけだと盛り上がらないじゃない？」と言ったことがある。マンネリ打破を狙ったのだろう。

「初心にかえるというかなんというか」とつづけたところから察するに、ぼくとの関係を摑みかねていた側面もあったはずだ。ぼくたちは十七年間も二人きりでの食事をかさねながら、恋人でも、気の置けない友人でもなかった。

日程を提案するさい、こずえちゃんは、クリスマスやバレンタインデー、誕生日などのスペシャルイベント当日を慎重に避けた。それぞれの該当月に会ったときには、「当日」をどのように過ごしたかを騒々しく語った。歳を重ねるにつれ、一人で過ごす夜が多くなったようだが、さみしげではなかった。昔は恋人と箱根でしっぽりしたものだとか、ナイトクルージングで海風に吹かれながらシャンパンで乾杯したりした、と過去のはなやかな思い出を戦果のように語った。

一息ついたあと、こずえちゃんはごそごそとプレゼントを出し、「まあ、一応」とぼくに差し出した。「気にしないで」と言いつつ、冗談めかしてお返しを要求した。「ほんと、気にしないで」と具体的な商品名を挙げ、「ちゃんとメモとってよね」と指示した。

当然、ぼくがこずえちゃんにプレゼントを贈るのは、月遅れになった。

愉快ではなかった。プレゼントは、気持ちをかたちにしたものだ。加えて、贈るタイミングは不意打ちってやつが最上だと、ぼくは考える者である。相手が驚き、喜ぶ顔を見ると、こちらも嬉しくなる。

「ちょうだい」と手のひらを差し出され、「承知しました」と贈るのは、ぼくのプレゼント観に反する。サプライズの余地が一つもない。しかも、頼みもせず、欲しくもなく、さして気に入りもしない、ブランドだけは一流のネクタイなぞのお返しだ。これ、けっこうつまらない。

ではあるのだが、実は、こずえちゃんご所望のちいさな加湿器や、電動ケトルや、膝掛けを探すのは、わりと面白かった。そういう雑貨的なものを見て歩くのが、ぼくは嫌いではないようだった。少なくともアクセサリー選びよりは気が楽だった。女の子にアクセサリーを贈るのは、どうしても恋愛要素が入り込む。こずえちゃんは、おそらく、そのあたりにも気を遣ったのだろうと思う。

白状ついでに言うと、たとえどんなものでも、プレゼントをもらうのは嬉しかった。すごくではないけれどね。そこそこではあるのだが、年を追うごとに嬉しさが着実に増した。

もとより交友関係が狭いうえに、社会人になって以降、どのコミュニティにも属さなかったぼくが、スペシャルな日にプレゼントを贈り合う相手は限られる。家族か恋人だ。

まず、家族。こどもの頃は親も張り切ってリビングに飾り付けをしたりした。家族揃って外食した時期もあったが、いつしか家庭内での「ごちそう」が食卓にならぶ程度に落ち着き、やがて、それすらなくなった。

次に恋人なのだが、いないのだから勘定に入らない。軽い付き合いの女の子はいたが、ぼくのなかでは恋人ではなかった――。

というのはごく若い頃の話。大学院時代からこっち、ぼくは新しい女の子と出会わなかった。

特段、残念ではなかった。むしろ、フリーの状態を歓迎し、満喫していた。面倒な思いや窮屈な思いをしなくて済むのはありがたい。そういうわずらわしさを懐かしく思い出す夜もなくはなかったが、平坦《へいたん》と言ってもいいほど心安らかでいられるのはよいことだ。

以前はスペシャルだった日が、だんだんと普段と変わらぬ一日になっていく。だけでなく、「今日は特別」とわくわくする日もめっきり少なくなった。日めくりカレンダーを機械的に一枚ずつ剝がすような日常が流れていく毎日。それはたぶん、大人になった証拠だろう。いいもわるいもない。

こずえちゃんからのプレゼントは、そんな毎日にゆっくりと沈んでいくなかでのちいさなスペシャルだった。こずえちゃんと会うこと自体、「きょうは特別」な感じを醸し出すようになっていた。

それでも、ぼくは、プレゼントのお返しは月遅れに、の方針を貫いた。「きみがくれたから、ぼくもあげるんだよ」という態度でいたかった。

本来のプレゼント観には反するが、こずえちゃんにたいしてはそうしていたかった。隙を見せたら、こずえちゃんは、きっと、ここぞとばかりに攻勢をかけてくると読んでいたからである。

再会してからも、こずえちゃんには何人も恋人ができた。どの男性とも結婚にいたらず、三十半ばを過ぎてからは思い出話しかしなくなった。

結婚願望などとうになくなったというふうに、「最近じゃ雑誌の星占いも読まなくなっちゃった。読んだとしても健康と金運だけ」と枯れた感じをにおわせるのだが、「まだまだ諦めちゃいないわ」との本心が透けて見えた。「このさい、栄人くんで手を打とうかな」みたいな。

非常に細かいことを言うと、だから、バレンタインのプレゼントをもらった翌月にお返しをするのはためらわれた。バレンタインのお返しは翌月で「合って」いる。ゆえにぼくはわざと、こずえちゃんのリクエストしたものを贈らなかった。会う前にデパートに寄って、きれいな箱に入った甘いものを適当に選んで、渡した。

ぼくとこずえちゃんのあいだには、微妙な緊張感がつねに漂っていた。十七年間、ずっとだ。通いつづけた新宿西口にある清潔なフレンチビストロではすっかり常連扱いされ、カップルと認知されていた。それもまた微妙な緊張感を増幅させたのだが、ぼくもこずえちゃんも、なぜか、店を変えようとしなかった。その矢先。

「ねえ、知ってる？　今夜はスーパームーンなんだって」

こずえちゃんから電話がきた。

二〇一二年、つまり去年の五月五日の昼だった。

「そうみたいだね」

ぼくはベッドにからだを横たえ、『ブルータス』を斜め読みしていた。キャンプ特集号だった。長年購読している雑誌なのでつい買っただけだ。キャンプには関心がなかった。ただし、テントやランタン、テーブルなどの用品には興味をひかれた。アウトドアショップで働くのもありかもしれないな、とちょっと思っていた。前年暮れに見習いバーテンダーのバイトを辞めて以来、次のバイトはまだ見つかっていなかった。

「どうスか、栄人くん。お月見がてら食事でも」

こずえちゃんは男っぽい口調でそう言い、

「……十八年に一度のお月さまなんだし」

と声をひそめた。

「ああ、いいね」

ぼくは気軽にそう答えた。月が地球に最接近したときに満月になるスーパームーンを家から少し離れたところで見てみたかった。こずえちゃんに誘われなくても、近くの公園に出かけ、ベンチに腰かけ、ながめるつもりだった。

新宿西口の清潔なフレンチビストロの予約はぼくがした。誘いの電話はこずえちゃん、予約はぼく、と役割が決まっていた。付け加えるなら、会計はこずえちゃん持ちということも。

バイトをしていないときのぼくの収入は家事手伝いによるお小遣いのみだった。三万円。「家政婦さんに来てもらうより安上がりだわ」と母は笑っていた。父は苦い顔をしていたが、口には出さなかった。何か言うと、「家のことなんか、自分はなーんにもできないくせに」と母に嫌味を言われると知っているからだ。

ちょこちょこバイトをしていた学生時代より手元不如意《ふにょい》になったものの、さして不自由は感じなかった。

ぼくの出費など知れたものだ。散歩のついでに本を買うか、ＤＶＤを借りるか、カフェで一服するか、のどれか。夜、ふらりと「前から気になっていたバー」に出かけてみることもなくなったし、洋服も、もう、そんなに欲しくなかった。

父からの無言の圧力や母からのいやにはしゃいだ気遣いを除けば、気兼ねなく過ごせる日々を送れているのだから、ふところのさみしさを嘆くのは贅沢《ぜいたく》というもの。いい歳をしてこの体たらく、と自虐するのは野暮というもの。今のぼくは、かつてのぼくが選んだ道筋を歩いているぼくである。ただそれだけのこと。

それにぼくは掃除洗濯料理をするのが嫌いではなかった。愉しんでやれた。いくらでも暇でいられる、という長所もあった。要は、ぼくは、いわゆる貧乏性ではないのだった。

こずえちゃんには、そのような生活ぶりをかいつまんで話していた。断じて言うが、愚痴っぽくはなかったはずだ。こずえちゃんだって「なんか栄人くんらしいね」と笑っていた。「ほかの人なら箸にも棒にもかからないって思うところだけど、なんだろう、栄人くんなら『まぁ、そんなもんかな』の一言で済んじゃう感じ」と失礼なことを言ったあと、あーあ、と襟足を掻いたりはしていたが、取り立てて大きなリアクションはしなかった。

けれども、いつのまにか、会計伝票をさっと摑むようになった。「あ」とぼくがちいさく声を発するのも、「いいから、いいから」とオバちゃんじみた身振りで手を払うのも約束事になっていた。

何度見ても、こずえちゃんのようすは、すっかり古参となった独身ＯＬが新人の面倒をみるシーンを彷彿《ほうふつ》させた。こずえちゃんにとって、だれかに奢ることは日常化しているのかもしれない。単純に「こずえちゃんも歳をとったなあ」とも思った。「オバちゃんになっちゃったんだなあ」と感じ入ることもままあった。

「ありがとう。ごちそうさま」

ぼくがお礼を言うと、こずえちゃんは、「いいえ、どういたしまして」と頭を下げた。「出世払いってことで頼むよ」と手の甲でぼくの肩を軽く叩く仕草も堂に入ったものだった。

プリフィックスメニューをたいらげ、今や時々雑誌にも登場する有名店になった新宿西口の清潔なフレンチビストロを出て、月を見上げた。

繁華街の夜空はそんなに暗くなく、だから、月もそんなに明るくなかった。思っていたより大きくもなかった。こどもじみているのは承知のうえで、ぼくは高層ビルをおしつぶすほどの巨大さを想像していた。

「月だね」

こずえちゃんがつぶやいた。

「うん、月だ」

　ぼくが答えた。

「綺麗《きれい》ですね」

　こずえちゃんが言い、

「まあまあ綺麗ですね」

　とぼくが応じた。

「……こんなもんなんじゃないの？」

　こずえちゃんの指がぼくの手の甲に触れた。と思ったら、中指を握られた。優しく擦り上げられるようにされ、ぼくのからだが反応した。

　深呼吸したら、人工的な光を放つ高層ビル群の合間に浮かんだ月の発するきよらかな光が、からだのなかに沁み込んでいくようだった。暑くもなく寒くもない風が渡って、前髪がそよぎ、中指はこずえちゃんの二本の指で、そうっとさすられつづけていた。

　ゆるゆるとした気持ちよさが次第に高まり、「……こんなもんですかね」と言ったぼくの声が少しかすれた。無性にどこかに行きたくなった。こずえちゃんと二人きりになれる、どこかだ。

こずえちゃんと二度目に寝たのは、それからおよそ二週間後だった。

五月十九日の土曜日にこずえちゃんのマンションに泊まり、翌日、金環日食を見ようと相談がまとまった。数年前から、こずえちゃんは八王子の実家を出て、中野で独り暮らしをしていた。

「うちで一緒に金環日食、見ない？」

携帯越しに聞いたこずえちゃんのささやき声は、妙にひそやかで、そのくせ、腹の据わった感じが伝わってきた。「ここで決める」というか、「ハッキリさせる」という意気込みが覗いた。

スーパームーンの夜、ふたりでくすくす笑いながら携帯でラブホテルを探し、そこで二時間過ごした。だからといって、その日を境に恋人同士になったわけではなかった。一度寝たくらいで「ぼくたち（わたしたち）、付き合ってるよね」との意識が芽生えるほど、ぼくもこずえちゃんも若くなかった。

月の魔力というか、弾みというか、そういうもののせいにしたい気持ちが、ぼくのなかにあった。仕掛けてきたのはこずえちゃんだったが、こずえちゃんにしたって、ついムードに流されただけ、と、そういうことにしたかったようだ。「そういうこと」

にしたそうな気配が、こずえちゃんからも立ち上っていたように思う。

こずえちゃんとは初めてだった。

恋人同士だった高校時代はキスしかしていなかった。それから二十なん年かの年月を経てのベッドインである。数えるほどしか経験のなかったぼくは、こずえちゃんの熟練ぶりに圧倒された。ほとんど何もしなくてよく、たいへん楽だった。行為の最中、こずえちゃんは垂れ下がる髪の毛を耳にかけながら、濡れて光る目でぼくを見下ろし、「今日のあたしってちょっと変かも」と何度も言った。

「今日のあたし」を強調するということは、ぼくたちの付き合いに性行為が継続的に含まれるわけではないことを意味する。そうぼくは理解した。つまり、今回だけだと。

だが、金環日食観賞の誘いを受け、誤りだったと気づいた。

こずえちゃんは継続的な肉体関係を望んでいた。スーパームーンの一夜をハプニングで終わらせたくないようだ。もちろん口には出さなかったが、ここが正念場だと意識しているのは、もう、手に取るように分かった。

隙を見せたら攻勢をかけられると知っていながらラブホテルに同行したことを後悔したが、遅かった。さりとて、こずえちゃんの誘いを断る決心もつかなかった。最後に性交したのがふた昔も前だったぼくは、こずえちゃんのせいで、からだが疼《うず》くようになっていた。

結局、こずえちゃんのマンションに出向いた。なかなか奥深い味付けのタイカレーやトムヤムクン、「これも手作りなの」というローストビーフをあしらったグリーンサラダを堪能《たんのう》し、すべすべとした真っ白いシーツのうえでこずえちゃんと重なった。二十畳ほどのワンルームは明るい茶色で統一されていて、ぼくが案じたような装飾過多のインテリアではなかった。むしろ物足りないほど、あっさりしていた。洗面台にならんだ基礎化粧品や、化粧道具がなければ、女性の部屋とは思えないくらいだった。

早起きして、ちいさなベランダに出て、こずえちゃんが用意してくれた青い紙製フレームの日食グラスをかけ、欠けていく太陽を見ながら、「悪くないな」とぼくは思い始めていた。月が太陽の前を横切る影が大きくなっていくにつれ、その思いも大きくなった。

恋人同士になったぼくとこずえちゃんは、週に一度は会うようになった。場所はこずえちゃんのマンションで、いわゆるお泊まりデート。

ぼくは依然として次のバイトが決まっていなかった。こずえちゃんは「早く見つか

ると いいね」と言うきりで、耳障りなことは口にしなかった。

恋人同士になって知ったのだが、こずえちゃんはコネ入社ながら総合職らしく、下っ端ではあるものの役職に就いているのだそうだ。まずつぶれる可能性のない大企業だから、給料も相当いいのだろうし、定年までいられるのだろう。

だから、無職の恋人にも鷹揚でいられるのだ。いや、どんなに自分の稼ぎがよくても、恋人の無職を嫌がる女性はいそうだから――おそらく、そちらのほうが多いはず――、こずえちゃんはまぁなんというか「いい人」だった。いくら「いい人」でも、「バイトはあればする程度のだいたい無職」の男とは恋人止まりにするだろうな、とも思っていた。結婚して、相手の人生を背負い込むようなばかな真似はしないにちがいない。

結婚、を、ぼくは考えられなかった。このまま気に障ることがなければ、半永久的にこずえちゃんと付き合ってもいいかな、とあわく考えていたが、具体的な想像ではなかった。ぼくは将来について具体的な展望を描く時期が来るのをなるべく引き延ばしたかった。

北海道の病院の理事長におさまる気があるかどうか、伯父に返事をする期限は一年を切っていた。それはぼくのちょっとした心の支えだった。親にとっても同じだと思う。だから四十になる息子が家事手伝いでお小遣いをもらっている状態に目をつむろうとしているのだ。

ぼくが、期限ぎりぎりまで決断をしないと、なんとなく決断しているのは、うん、やっぱり、自分の力を試したい的な何かがあったのだと思う。一応、ここまではやりました、という成果——成果によく似たものでもいいけど——が欲しかった。

「ラーメン屋とか、どうかなあ」

交わったあと、こずえちゃんに言ったことがあった。

「ラーメン屋？」

「うん。フランチャイズの。研修っていうか、一定期間修業すれば店を持たせてもらえるみたいなんだよね」

たまたま観たテレビで得た情報をこずえちゃんに披露した。

「栄人くん、ラーメン屋のオヤジとか似合わなそう。あと、修業もたいへんそうだし。はたして栄人くんに辛抱できるかな？」

「やってみなきゃ分かんないでしょう？」

「ていうか、ラーメン好きだったっけ？」

「パスタのほうが好きだけどね。でも今からイタリアンの店をひらくのは無理でしょ？　どんなに過酷な修業をしたとしても。ラーメンならスープ作って、麺を茹でるだけだし、国民食だし。フランチャイズといっても一国一城のあるじっていうの、そういうのになれるし」

たとえ失敗したとしても、ぼくには理事長の椅子が待ってるんだし、とは言わなかった。もしも成功したとしても理事長の椅子をきっと取ることも、いやいや繁盛したら分からないぞ、と思ったことも。

「んー、なんか、フンワリしてるよね」

思いついただけなんでしょ？　とこずえちゃんはぼくの脇腹をくすぐった。

「まあ、そうなんだけど」

こずえちゃんの手を押しのけながら、ぼくは答えた。

「そういう道もあるかな、ってこと」

選択肢の一つとして、とつづけ、

「フンワリとした感じで始めても、うまくいく人もいるんだよ」

と相野谷の名を出した。二〇〇三年に会ったときの話だ。

その日、ぼくと相野谷は新橋で飲む約束をしていた。

高校最後の春休みにサラリーマンごっこをした新橋。あのときの焼き鳥屋の名は忘れてしまったが、似たような店に入った。もちろん、ガード下。

「しかし、なんだね」

おしぼりで顔を拭き、相野谷が口火を切った。

「あれから十二年だ。早いもんだね。干支《えと》ひとまわりだよ、チミ」

サラリーマンごっこを再現し、「ままま、一杯」とぼくのコップにビールを注いだ。ぼくも早速そのあそびに乗った。相野谷からビール瓶を奪い取り、注ぎ返した。

「あのときは熱燗でしたね、部長」

あ、課長だったっけ、と独りごちたら、

「どっちでもいいよ。蒲生くん、チミは相変わらずどうでもいいことにこだわるねえ」

おっとっとと、泡がふきこぼれそうになったコップを口から迎えにいって、相野谷が笑った。

「あのとき日の出の勢いだった貴花田は横綱に昇進し貴乃花《たかのはな》になってだな、この一月に引退だ。そうしてブッシュの息子が先頭に立ってイラク戦争だよ、チミ」

「あのときは親のほうのブッシュが先頭に立っての湾岸戦争でしたね、課長」

油にまみれた黒い海鳥の映像を思い出した。あれはかわいそうだった、とたぶん十二年前にも思ったことをまた思った。それを言おうと向かいに座っている相野谷に目を上げたら、

「なんかバブルもすっかり弾《はじ》けちゃってなー」

と言う相野谷の声がふいに遠ざかった。カウンター席を振り返った。赤ら顔の中年サラリーマンがふたり、熱燗をやりながら、だはは一と笑っていた。空いている席に目を移し、十二年前のぼくと相野谷をまぶたの裏で見た。あのときのぼくらは完全に場違いだった。のほほんとした坊ちゃん面のこどもだった。焼き鳥屋の店主もよく入れてくれたものだ。

「ところで、蒲生くん。チミ、覚えとるか？」

あーん？　と言うふうに相野谷は顎を上げた。

「なにをですか？」

急いで揉み手をして訊ねたら、相野谷が言った。

「スイッチの話じゃよ」

「……ああ」

ぼくはゆっくりとうなずいた。

「無数にあるって話ですよね。問題はどれを押すかっていう」

言うと、相野谷は満足そうにうなずいた。

「実はだね」

と身を乗り出してテーブルに両肘をつき、指を絡めた。

「それを社名にしようと思っておるんだ」

にやりと笑ってみせる。

「ということは?」

すかさず訊ねたら、

「会社の一つも興そうかと」

資金は親持ちだけどね、と付け加え、相野谷は頭を掻いた。全体的に短くなったが、髪型は昔とそんなに変わっていなかった。分け目をつけない真ん中分けだ。ぼくも変わっていなかった。前髪を下ろして、耳を出していた。

「なんの会社? やっぱり和菓子系?」

相野谷の実家は老舗の和菓子店だ。

「や。雑貨屋。インテリアとかギフトとかのセレクトショップ」

「そういうの興味あったっけ?」

「そんなあるほうじゃないけど?」

相野谷は即答し、

「ビジネスだよ、ビジネス。『雑貨屋さんをひらきたいの』ってうっとり語る女の子じゃないんだから」

と親指と人差し指でピストルのかたちを作り、顎にあてた。

「で、社名は?」

「Switch of Life」

「恰好いいですね、課長」

サラリーマンごっこに戻って言った。

「んー、課長じゃなくて社長だけどね」

相野谷はちょび髭を撫でる振りをし、さりげなく訂正を要求した。

「それは親の資金があったのが大きいと思う」

話を聞いたこずえちゃんが感想を述べた。

「あと、やっぱり、ビジネスセンスがあったんじゃないかなあ、その人」

と言ったあと、「あ」と顔を上げた。

「相野谷さんって、あの相野谷くん？」

高校時代に、二、三度会ったことを思い出したようだった。冗談しか言わない人という印象しか残っていないようだったが、俄《にわか》に興味が湧いたらしく、相野谷についてくわしく聞きたがった。九月の末か、十月だったと思う。

相野谷から連絡がきたのは十二月だった。店長候補として有楽町店にこないか、という話だった。喫茶店で会い、近況報告をし合ったのち、「さて、と」というふうに相野谷は、身を乗り出した。

「おまえのセンスは、昔から買っていた」と切り出し、「よく考えてみたら、おれの店にぴったりの人材だ」と断言した。「ていうかさー」とくだけた調子で少し笑った。「いつまでものんびりしてられないだろう、親御さんも歳をとるんだし。なあ、蒲生。おれたちもう四十なんだぜ」

大人びた顔つきで、いっぱしのことも言った。スーツの上着の裾を両手で払うようにしてから、やや肥満した腰に手をあてて。

「考えてみてくれよな」

脇に置いてあったコートを腕にかけ、伝票を摑み、立ち上がりながら、

「あんま、こずえちゃんに心配かけるなよ」

と告げ、喫茶店をあとにした。

ぼくはスムーズに納得した。

こずえちゃんが相野谷を訪ね、「栄人くんをなんとかしてくれ」と助けを求めたのだろう。「あの人、このままじゃだめになっちゃう」とかなんとか。

「なるほどね」

独り言をつぶやき、薄く笑った。そこで相野谷が一肌脱いだのか。ぼくは相野谷に拾ってもらったってわけか。こずえちゃんのおかげで。

「なるほど、なるほど」

冷めたコーヒーをわざと音を立てて啜った。頰に手をあてがい、少しのあいだ、考えた。

ぼくの受けた屈辱はちいさくなかった。けれども、考え方一つで、ある程度はぬぐい去れた。ぼくは何度もそうやって傷ついた自分を救ってきた。そんな気がした。

「……ああ、そうか」

店長昇進が約束されているのは悪い話ではないと気づいた。

それは、ぼくの「成果」にほかならない。「成果によく似たもの」かもしれないし、自分の力で成し遂げたものでもないけれど、よい結果にはちがいない。伯父への手土産にはなる。自分の力を発揮するのは、伯父に鍛えられてからでも遅くない。

申し出を受けると相野谷に連絡し、銀座のしゃぶしゃぶ屋で詳細を聞いた。


こずえちゃんに病院理事長の件を話したのは、「Switch of Life」への就職決定を報告したときだった。

ぼくとしては、「だから、余計な心配なんかしなくてよかったんだよ」とほのめかしたつもりだった。だが、こずえちゃんはいきり立った。

「じゃあ、なんで就職するのかな！」

両手でテーブルを叩いた。ぼくたちはこずえちゃんのマンションにいて、ビーフシチューを食べていたところだった。震動でグラスのなかの水が揺れ、少し、こぼれた。

「そんな一昔前の腰かけＯＬみたいな。披露宴で紹介されるときに通りがいいように、みたいな」

ぎりぎりと奥歯を嚙み締め、憤然とつづけた。

「相野谷さんに失礼じゃない。相野谷さんだけじゃなく、そこで働いている人みんなに失礼。ていうか迷惑。大迷惑」

何その旨い汁だけ吸おうって魂胆、と暴言を吐き、「ちょっと信じられない」と横を向いた。

「……じゃ、理事長にはならないで、『Switch of Life』で勤めあげようか？」

そんなに言うならさ、とぼくは憮然《ぶぜん》と言い放った。

ぼくはただ、少しだけほかの人より恵まれた星の下に生まれただけだ。それはつまり、人よりよいスイッチが用意されているということで、チャンスが多いということ。今までは活かしきれなかったけどね。旨い汁を吸うどころか、辛酸を舐めたこともあったけど、それでもチャンスの絶対量が多いんだから、最終的にうまくいっちゃうのは仕方ないよね。

「ひとまず相野谷の店でやってみるって方向でいいじゃない。案外向いてるかもしれないし。決めるのは来年の五月でいいんだから」

ぼくは穏やかな口調でこずえちゃんに告げた。

「まだ時間はあるんじゃない？」

「ないよ、時間なんか」

なんかいろいろ簡単に考えてるみたいですけど、こずえちゃんは額に手をあてた。

はあっ、と深いため息をついたのち、ぼくを見て、

「やっぱり栄人くんにはあたしがついてないと」

と、こっくりとうなずいた。

「やっぱり？　やっぱりってなに？」

「栄人くんみたいな、心は少年すぎるっていうか、いつまでたっても甘ちゃんの坊やちゃんには、そばにだれかついてたほうがいいってこと。おかあさまもそう言ってた」

「ちょっと待って。おかあさま？　それってうちの母親？」

訊くと、こずえちゃんは、また深いため息をつき、大きくうなずいた。

「お電話で一言二言お話しているうちに、おかあさまと親しくなって」

こずえちゃんが葛西くんに説明していた。我が家に居候するに至った経緯だ。

「栄人くんについて話し込む機会も増えて……」

こずえちゃんは視線を下げた。

相野谷にぼくの就職を頼んだことを打ち明け、「あたしの勇み足だったの」と二の腕をさすった。病院理事長の話を知り、責任を感じたと言う。ぼくの母も責任を感じたらしい。「悪い子じゃないんだけど、いつまでたってもあんなふうで……。こどものときからお行儀はよかったし、言いつけは聞くし、叱る必要がなかったのよ」と甘やかしすぎたと反省し、こずえちゃんが「その代わり、あたしがたまにビシッと注意してますから」と軽い調子で母をなぐさめるやりとりがパターンを変えていくつかつづき、「栄人にはこずえちゃんのような人がそばにいないとますますだめになる」という結論に達したようだった。

初耳だったが、おおよそ予想していた通りだった。

ぼくの就職が決まってから、こずえちゃんはちょくちょく家にあそびにくるようになった。母と二人で台所に立ったりもしていた。

ぼくが勤めに出るようになってからも同じで、土日などは家に帰ると、リビングでぼくの両親とテレビを観ていた。「おかえりなさい」と母と声をそろえたあと、さっと立ち上がりキッチンに向かいながら、「ごはん、まだでしょ」と支度を始めた。そのようすを母はもちろん、父も好ましそうに見ていた。

こずえちゃんの我が家への馴染《なじ》み方は驚くほど早かった。こずえちゃんがいると、父も母も機嫌がよく、我が家に「団らん」というものが戻ってきたようだった。

こずえちゃんがマンションを引き払い、我が家に引っ越してくる話は、その「団らん」のなかで出た。「だって、もう、こずえちゃんは家族なんだし」と母が言い、父も満足そうにうなずいた。

ぼくは、「ああ、そういうふうになっちゃうんだな」と思った。「ぼくはこずえちゃんと結婚しちゃうんだな」

ぼんやりと想像していたことが具体的になった感じだった。きっと、これから、もろもろのことが「具体的」になっていくのだろう。

少し、さみしかった。まだ早い、という気持ちが残っていた。でもきっと、押し流されちゃうんだろうな。

「理事長にだって、ほんとうになれるかどうか分かったものじゃないし……。伯父さまだって愛想をつかすかもしれないし」

こずえちゃんはシリアスに語ったが、葛西くんはずっと半笑いの表情だった。ぼくの顔つきも似たようなものだったと思う。時折目と目を合わせては、ちいさく肩をすくめるジェスチャーをし合った。

「でも、あたしはずっと栄人くんのことだけを見ていたし。時間はかかったけど、苦労も多そうだけど、これでよかった、って思ってる」

ぼくは首をちょっとかたむけ、こずえちゃんの言葉を聞いていた。こずえちゃんにはこずえちゃんの物語があるらしい。

「で、どうなんですか、蒲生さんのほうは？」

葛西くんがぼくに訊いた。少し頬がふくらんでいる。笑い出す寸前のようだ。

「この人といると、毎日がほんのちょっとスペシャルになるっていうか、そういう」

ぼくはこずえちゃんを指差し、笑わずに答えた。

こずえちゃんの物語に合わせてあげただけなのか、本心なのか、判然としなかった。本心だとしたら、奥のほうから引っ張り出してきた代物だった。かつて思ったことを探り出し、水面に浮かべてみたような。

「まあ、馬が合うんだろうね」

と付言したら、葛西くんが「まさかの惚気《のろけ》ですか」と混ぜっ返し、三人で笑い声を立てた。

拓郎

おれはちえりが選んだ黄色いアヒルちゃん柄のエプロンをつけて、台所に立っていた。冷蔵庫に寄っかかり、腕を組んでリビングをながめている。

リビングには、ちえりと葛西くんと服部《はっとり》さんがいた。

ちえりはソファの中央に腰かけ、ちょっと背中をまるめてセンターテーブルに置いたパソコンを覗き込んでいた。葛西くんと服部さんはラグに尻をつけている。センターテーブルを挟んで左右に位置取り、ちえりを頂点とした三角形を描いていた。右の葛西くんはiPhoneを手にしていて、左の服部さんはセンターテーブルに覆いかぶさるようにして書き物をしていた。

三人は、来月ひらくウエディングパーティの相談をしていた。葛西くんと服部さんは幹事なのだ。ちえりが頼んだらしい。

一応、おれ側からも同僚がふたり、幹事に名を連ねているのだが、今日の相談にはお呼びがかからなかった。まあ、もともと名前だけ貸してもらえればいいから、とちえりに言われていたのだが。

出席者三十人のこぢんまりとしたパーティだ。準備はほとんどちえり一人でやっていた。もちろんおれもブライダルフェアは一緒にはしごした。ちえりが決めた丸の内のレストランにも何度も一緒に出向き、担当者と打ち合わせをした。

ちえりの指示通り、招待状発送者リストを作ったし、衣装はちえりが選んだパールベージュのロングタキシードにした。

自分の口から言うのもなんだが、おれはタキシードが抜群に似合う。背が高く、手足が長く、胸板が厚いほうだからだろう。何着か試着してみたのだが、どれを着てもさまになった。おれは普通の黒いやつがよかったのだが、ちえりが明るい色のほうがいい、と言うので素直に従った。

ウエディング時には妊娠六カ月になるちえりはマタニティドレスのなかから選んだ。かなり難航していた。小柄でぽっちゃり型のちえりは死んでも二の腕を出したくなかったようなのだが、ちえりの気に入ったドレスは、皆、袖のないタイプだったのだ。

結局、「隠そうとするよりむしろ思い切って出しちゃったほうが恰好いいかも」となり、胸にテカテカ光る素材のサラシを巻いているようなデザインのものを選んだ。

サラシ部分は少なく、胸のすぐ下から鳥の羽みたいなものが何枚も重なり合って付いていて、マジかよ、というくらいふくらんだドレスだった。

十五センチのヒールを履かなくてはならないとレンタルドレスショップの店員から説明を聞き、おれはよせ、というふうに眉をひそめてみせた。だが、ちえりは、「花嫁はそんなに歩かないし、歩いたとしてもゆっくりだし、スタッフがアテンドしてくれるし」とまったく気にしなかった。

おれは披露宴をおこなうのは初めてだった。雅美とのときは両家親族での食事会だけだった。それでも家族のぶんの航空券や宿の手配、なんだかんだと問い合わせてくる親への対応で気忙《きぜわ》しく、また、若干わずらわしかった覚えがある。

しかし、ちえりは軽々と準備を進めているようだった。ドレスを始め、招待状カード、引き出物、引き菓子、花など、選ばなければならないことはどっさりあって、いちいちだいぶ迷っていたようではあったが、それもまた愉しそうに見えた。

幹事を決めたのは先月だった。本来はもっと早く決めるべきだった。遅れたのは、ちえりに思うところがあったからだろう。ちえりは、口では「当日の受付と会費の管理くらいだから、ギリでも大丈夫」と言っていた。その通りかもしれない。身重のちえりの体調を考慮して、二次会はおこなわない。だが、おれはちがうと睨《にら》んでいる。

社内でのパワーバランスに敏感なちえりは、ぎりぎりまでようすを見て、今後、自分にとって有用な人物に幹事を依頼しようとしていたのではないか。だって、おれ側の幹事は「ちゃっちゃっと頼んじゃって」と言っていたから。

ちえりが幹事に選んだ一人、葛西くんは社長の親戚である。一度退職したが、先月、復職した。ちえりと同じ有楽町店に勤務している。復職が早まったのは、「カッコつけぞう」が退職したからだった。葛西くんは、そう遠くないうちに店長に昇進するらしい。

もう一人の服部さんは、青山店勤務だ。社長の愛人と噂の女性で、次期店長の有力候補と目されている。というか、ほぼ決定とささやかれているという。系列のカフェの開店が本決まりになったらしい。現店長は、近々、そちらのほうに異動するようだ。

ちえりは産休明けに二子玉川の本店の店長に昇進する予定だから、今、我が家には「Switch of Life」の次期店長が三人揃ったというわけだ。

名目はビンゴゲームの打ち合わせ。それは、すでにちえりがすっかり準備していた。温泉旅行券だのデジカメだのの景品代を上乗せして会費を設定していた。

式進行の司会とは別に、ビンゴゲームの司会を立てたい、というのがちえりの希望で、それは葛西くんに決まったようだった。服部さんは景品受け渡し係。ふたりは当日の受付及び会費管理の任も負うそうである。

おれ側の幹事は、ビンゴゲームのときには、「ビンゴ！」と叫んだ出席者をいち早く見つける係だそうだ。受付及び会費管理については、葛西くんと服部さんのサポートをすればいいらしい。つまりほとんど何もしなくていい。

今日の集まりの目的は、次期店長三人の親睦《しんぼく》をはかることだろう。横の連携を強化し、力を合わせて「Switch of Life」を盛り上げていきましょう的な。表向きは。

ちえりとしては、なんらかの情報を摑みたいと思っているにちがいない。おれが見たところ、ちえりは店長では満足していなかった。もっと上を目指しているはずだ。「Switch of Life」での「もっと上」がどのポジションを指すのか、おれは知らない。なんとなくだが、ゆくゆくは「本部」というところに行きたいのではないかと睨んでいる。

おれの仕事で言うと、店長が駅長だとしたら、「本部」は本社だ。おれは現業での採用だから、本社勤務はほぼ考えられない。行きたいとも思わない。事務仕事はやりたくないからだ。おれは、このまま、できるかぎり長く在来線の運転士をやっていたい。それに、本社で昇進するのは大卒の総合職だ。そういうふうになっている。

しかし、「Switch of Life」ではどうなのだろう。現場叩き上げのちえりでも「本部」

で昇進できるのだろうか。三店舗の店長は、社長の縁故か愛人というゆるい人事の会社だから、可能性は低くないのかもしれない。

まあ、とにかく、安定した生活が送れたらそれで充分と昇進への意欲をなくしたおれより、本店の店長になるちえりのほうが出世しているのはたしかだ。ちえりにもそう言ったことがある。

ちえりは「えー、そんなー」と嬉しそうにもじもじしたのち、「諦めるのはまだ早いよ、たっくん。何が起こるか分かんないんだから」とおれを励ました。おれは黙って励まされた。駅長になるのは「Switch of Life」の店長になるよりどう考えても狭き門だから、そもそも比べるのがおかしな話だということはおれの胸にしまっておいた。

「たっくーん、打ち合わせ終わったー」

ちえりが振り向き、おれに声をかけた。

「よっしゃ！」

おれは二つ返事で、まずカセットコンロをセンターテーブルに運んだ。打ち合わせ後の鍋パーティの仕切りが今日のおれの役目なのだった。

酒と塩を少々加えた昆布だしを張った鍋、デパ地下で買った豚ロース薄切り、クレソン、ねぎ、白菜、水菜、豆腐を次々と運ぶ。

「豚しゃぶですか」

葛西くんがあぐらをかいた膝をぽん、と叩いた。

「ぼく、好きなんですよねー」

「嬉しいこと言ってくれるね」

葛西くんに軽く手を挙げ、台所に取って返した。大根おろし、柚子胡椒《ゆずこしょう》、ポン酢、それにとんすい、箸、飲み物など運ぶものはまだたくさんあった。

「お手伝いしますよ」

立ち上がったのは葛西くんだった。すらりとした今風の若者である。渋谷で一度会ったことがあるらしい。印象だけはうっすらと覚えていた。葛西くんは記憶になかったようだ。打ち合わせが始まる前、ちえりからそう紹介されたとき、曖昧な顔つきをしていた。「ほら、あのとき」とちえりが場所をくわしく説明したら、うんうん、と聞いたあと、首をひねり、おれに向かって「初めましてってことにしません？」と笑いかけた。

おれと葛西くんが立ち働いているあいだ、ちえりは服部さんと話をしていた。「いい旦那さまでうらやましい」と言われたちえりは「意外とかいがいしいんだよね」と照れていた。

ちえりからの事前情報によると、服部さんはちえりより一つ歳上の二十五歳だそうだ。痩せ形で、背が割合高く、顔も髪もスカート丈も長かった。髪も洋服も真っ黒で、肌は青白かったから、おれの目には不健康そうに映った。あれで客商売ができるのか、と要らぬ心配を思わずしてしまった。

「やー、これ、すごくいい肉じゃないですか」

葛西くんが豚ロース薄切りを一枚箸でつまみ上げ、おれに言った。

「お、分かる？」

アグー豚ですよ、とおれは答えた。おれは葛西くんと服部さんのあいだに席を取っていた。ちえりとは真正面の位置である。

「そして、超旨いし！」

クレソンと一緒に食べた葛西くんがまた誉めた。

「嬉しいねえ」

どんどん食べて、と勧めながら、おれはちえりを見た。ちえりはソファに腰かけていたから、視線を上げる恰好になる。

「よかったね、たっくん」

ちえりはおれにほほえみかけ、

「あのね、たっくんはね、今日のために一生懸命豚しゃぶの用意をしたんだよ」

と葛西くんと服部さんに視線を振り分けた。

「ほんと、いい旦那さま」

服部さんはさっきと同じ言葉を繰り返し、葛西くんは、

「ぼくも見習わなきゃ、だな」

とビールを飲んだ。

「あれ、結婚してるの?」

なるべく平然と葛西くんに訊いた。おれはちょっとだけちえりの言い方が気になっていた。豚しゃぶの用意なんて別に「一生懸命」じゃなくてもできる。おれだけの感覚かもしれないが、「一生懸命」は自分自身か、目下の者にたいして使う言葉のような気がする。あくまでもなんとなくだが、おれはちえりに「誉めてつかわす」と言われたようで、ほんのりカチンときていた。

「いえ、一緒に住んでるだけで」

葛西くんが次の肉をしゃぶしゃぶしながら答えた。

「うん、今年の一月からだよね」

湯気の立つ肉に息を吹きかけて、ちえりが補足した。肉を口に入れ、咀嚼《そしゃく》しながら、つづける。

「蒲生さんから聞いて、あたし、びっくりしちゃった」

教えてくれないんだもん、と拗ねた目つきで葛西くんを見た。

「すみません」

葛西くんは恐縮し、

「お祝いありがとうございました」

と頭を下げた。

「え、お祝い？」

うつむいて豆腐をちょっぴりずつ口に運んでいた服部さんが顔を上げた。

「引っ越し兼同棲スタート祝い」

ちえりが得意げに答える。

「ごめんなさい、わたし、ちっとも知らなくて」

服部さんが箸を置き、葛西くんにちいさな声で謝った。「だれも教えてくれなかったから」と独りごちる。

「あ、いや」

いやいやいや、と葛西くんは箸を持ったまま、顔の前で手を振り、「そんなお祝いされるほどのアレでもないですし」と口元で笑った。

「蒲生さんからシャレみたいな感じでいただいただけですよ。ぼく、あの人とわりと親しくしてたし」

そう付け加え、ちえりの視線に気づき、

「あ、蒲生さんとちえりさんから頂戴《ちょうだい》したんでした」

と訂正した。

「……蒲生さんねえ」

箸の先を唇にあて、ちえりがつぶやいた。

「あっという間に辞めちゃったよね」

二カ月くらいしかいなかったんじゃない？　とだれにともなく投げかけた。

「まあ、葛西くんが早めに戻って来てくれてよかったんだけど」

と、これは葛西くんに向けて発言した。葛西くんの復職は、もともとちえりが産休を取っているあいだだけと決まっていた。蒲生さんの退職を受け、急遽《きゅうきょ》、社員として正式に勤めることになったらしい。

「や。事前に蒲生さんから聞いてましたから」

葛西くんはここで一拍置き、指先でこめかみを掻きつつ、言った。

「ぼくも、まあ、いい機会だな、とか思って。地道に働いていくことにしたんでした」

相野谷さんにも「逆によかったんじゃない？」って言われたし、とちえりを見て、服部さんを見た。最後におれを見て、かすかにうなずく。反射的におれもうなずき、

「すると結婚も近いかな？」

と軽やかに訊いた。

「かもしれないですねえ。『まだ早い』とか言ってるうちに歳とっちゃいますからねえ」

葛西くんは何度もうなずきながら、鍋に箸を伸ばした。いささかしゃぶしゃぶしすぎた肉を引き上げ、

「服部さんは、どうなんですか？　そっちのほうは」

と思いついたように話題を振った。「あ、こういうのセクハラになるんでしたっけ」と顔をかたむけたあと、「でも服部さんてなんかミステリアスだから気になっちゃう感じなんですよねー」とたいそうチャーミングな表情で服部さんを見た。

「わたしは全然。モテないから。ほんと、モテないから」

服部さんはすっかり冷えた豆腐を箸でつつき、「モテないから」とさらに連呼した。かなり小食のようだった。さっきから豆腐一切れしかとんすいに取っていない。

「またまた」

モテそうですけどねー、と葛西くんが明るい声で言った。「ね?」と同意をもとめられ、おれはまた反射的に「うん」とうなずいた。それから服部さんをよく見てみた。思いのほか、整った顔立ちだった。長い顔のなかにこぶりな目鼻口がおさまっているので空き地が多いのだが、きれいなことはきれいだ。

「だって、服部さんて相野谷さんの奥さんにちょっと似てるじゃないですか。相野谷さんの奥さんも服部さんみたいに細身の細面《ほそおもて》で、学生時代はモテモテだったようですよ」

それを相野谷さんがガッツで口説き落としたんだそうです、とちえりにうなずく。

「へーえ、そうなの」

ちえりはエノキや白菜を鍋に放り入れ、

「似てるかなー」

と首をひねった。会社社長と元キャビンアテンダントの相野谷夫妻は、「すてきなカップル」として時折女性誌のグラビアに登場するらしいので、ちえりは相野谷さんの奥さんの顔を知っているのだろう。

「似てないと思う」

服部さんもちえりに同調した。

「社長の奥さんはわたしなんかとちがって、明るくていきいきした雰囲気だし……」

服部さんの独り言を受け、葛西くんが「ああ、そうか」と小声を発した。

「雰囲気はちえりさんに似てるんですよね」

「えー？」

ちえりはのけぞってみせ、

「あたしが？　相野谷さんの奥さんに？」

と、元の姿勢に戻り、服部さんに向かって「似てないよねー？」と訊ねた。服部さんはゆっくりと首をかしげ、答えた。

「社長の奥さんは『きれい』で、ちえりさんは『可愛い』でしょうか」

「……ふうん」

ちえりは聞き取りづらいほどの小声でそう応じ、服部さんに視線をあてたまま、鍋にねぎを入れた。

ちえりと入籍したのは、去年の十二月だった。

妊娠が判明してから、二週間しか経っていなかった。この短いあいだに、札幌と八戸にある、それぞれの実家へ挨拶に行ったのだった。

急な話だったが、おれの親もちえりの親も反対しなかった。こどもが生まれるのだから、入籍は早いに越したことがない、というおれの母親の言葉がすべてだろう。おれの離婚歴がちえりの実家で問題視されるかと案じたが、そんなことはなかった。おれに気を遣ってちえりが隠しているんじゃないかと思ったが、そうではないと、八戸に行って分かった。ちえりは実家ではスターで、ちえりのやることなすこと「絶対」という空気があった。

少しばかり揉めたのは、おれたちのほうだった。

まず入籍のタイミングだ。

赤ん坊ができたと判明したとき、ちえりは妊娠五週目だった。つまり、妊娠二カ月。次の生理開始予定日の明くる日から妊娠判定薬で検査していたというから、ちえりはこどもが欲しかったのかもしれない。件名「報告！」、本文「あかちゃん、できたよ」のメールから、喜びが伝わってきた。

おれも最終的には、嬉しいほうに気持ちがかたむいた。歯切れの悪い言い方なのは、驚きのほうが大きかったからだ。ちえりと付き合って一年と少し経っていたが、結婚は考えていなかった。

ちえりは明るくて、ちょっとお転婆で、茶目っ気があり、一緒に飲んだり食べたり、どこかに行ったりするのは愉しい。肌つきもよかったし、張りがあったし、体の柔軟性にも優れていたので、行為をするのも愉しかった。何よりちえりはおれより十七も歳が下だ。若い女の子と付き合っていること、それだけで、おれはとっても愉しかったのだ。ちえりはあまりものを知らないふうで、おれがなにか言うと、つぶらな瞳をくりくりさせて感心する。そのようすがことのほか愛らしく、おれは自分の目尻が下がっていくのをはっきりと感じた。

だが、結婚となると話は別だった。

ちえりにはどこか信じられないところがあると感じていた。

明確に指摘することはできないのだが、なんとはなしの嘘っぽさが透明な膜になって、ちえりを覆っているような気がした。不純なのではないが、純粋ではない感じというか、なんというか。

少なくとも、美雪が放つ純度百パーセントのおれへの愛情は感じられなかった。

振り返ってみれば、それは雅美にも感じなかったのだが、あの頃のおれときたら、雅美の容姿とムードに夢中で、さして大事なこととは思わなかった。そんなもんだろう、と考えていた。十代だったときの真っすぐな愛情なんて持ちつづけられるもんじゃない。まして雅美は当時三十を過ぎていた。大人の女だったのだ。

ところがちえりはまだ二十代前半だ。「真っすぐな愛情」を持てなくなるには早すぎやしないか？　尻尾《しっぽ》くらいは残っててもいいのではないか？　と、おれは思っていたのだった。

妊娠したと報告を受け、おれは正直、頭を抱えた。だが、男として責任は取らなければならない。おれはちえりに求婚した。ちえりとの結婚というスイッチを押したのだ。

「おまえとお腹の子は、おれが守るから」

しっかりとした口調で告げた。

「たっくん、だーい好き」

ちえりはおれの首っ玉にかじりつき、涙でおれの襟足を濡らした。そのときも、おれは一滴くらいの嘘っぽさを感じた。感じたのだが、「でも、やっぱり可愛いんだよな、うん、可愛いやつなんだ」と改めて思い、ちえりをぎゅうっと抱きしめた。

入籍するには、その前に八戸に行き、ちえりのご両親に挨拶をするのが筋だ。札幌在のおれの母親にもちえりを紹介したい。ちえりは妊娠二カ月。長旅は、からだに障るとおれは考えた。入籍は安定期まで待ってからでいいのではないか、とちえりに提案した。しかし、ちえりは断固として聞き入れなかった。

どこから聞いてきたのか知らないが、二〇一二年の十二月二十なん日で人類が滅亡するかもしれない、と言うのだ。マヤ文明で使われていた暦のひとつがその頃、区切りを迎えるとの由。

「人類が滅亡する前に、あたしたちはたっくんと家族になりたい」

というのが、ちえりの言い分だった。言わずもがなだが「あたしたち」とはちえりとお腹のなかの赤ん坊である。

「ないから。それ、絶対ないから。ノストラダムスも外れたし」

おれはちえりを諭《さと》したのだが、ちえりは聞く耳を持たなかった。体全体でいやいやをし、両手で顔を覆って、

「あたしを早く安心させて。お願いだから、安心させて。あたしは安心がしたいの。ほっとしたいの」

と泣きじゃくった。マヤ文明を持ち出したときの嘘っぽさはどこにもなかった。真

っすぐな気持ちが強く伝わってきた。おれへの愛情はそんなには感じられなかったものの、おれはちえりの気持ちを受け止めてやらなければならない衝動に駆られ、胸が熱く、痛くなった。

長旅をしてもちえりのからだには障らなかった。人類も滅亡せず、おれたちは新婚生活をスタートさせた。

すると、どうだ。おれはちえりが芯から可愛くてたまらなくなったのだ。嘘っぽさはちょいちょい感じるが、それもまた可愛いと思えるようになった。思うに、ちえりがおれのものになったからだろう。おれは手に入れたら飽きるタイプではなく、より好きになるタイプらしい。

ちえりと暮らすと、毎日がほんのちょっとスペシャルになった。魔法の粉をかけたように、目に映るすべてが気恥ずかしいほどきらめいた。おれは年甲斐もなく気持ちが浮き立ち、可愛いちえりと思う存分いちゃいちゃした。まごうかたなき「新婚生活」だった。

むろん、今まで気づかなかったちえりの厭《いや》な部分——旺盛《おうせい》すぎる出世欲とか、いくぶん身勝手とか——も目につくようになったが、許容できる範囲だった。努力はしてるが、おれにだって、自分でも気づいていないだめな部分はきっとあるだろうし。

（それはちょっとな……）

と思うようになったのは、ウエディングパーティにちえりが親を招ばないと決めた件がきっかけだった。

おれはやっぱり親を招んだほうがいいという考えを捨てきれず、ちえりに気持ちを変えることはできないか、と何度も打診した。先月などは週に一度は持ちかけた。

だが、ちえりは頑として聞き入れなかった。最初はもっともらしい理由を述べていたが、しまいには、

「あの人たちを招んでどうするの？　ていうか、どうしたいの？　そんなにあたしに恥をかかせたいの？」

と声を荒らげた。そう高くない鼻をつんとさせ、大きな目をかっと見ひらき、おれを睨みつけた。

食後のアイスクリームを食べていたら、ふと会話が途切れた。ちえりが間を埋めるように、葛西くんに訊く。

「……蒲生さんって、今、なにやってんの？」

どうせなにもせず親のすねでもかじっているんでしょ、というような口ぶりだった。

「札幌ですよ」

ことともなげに葛西くんが答えた。

「札幌？」

ちえりが素頓狂《すっとんきょう》な声を出した。服部さんも顔を上げ、口を開けている。

「伯父上の跡を継ぎ、病院理事長になるべく修業中」

スプーンでアイスクリームを掬《すく》いながら、葛西くんがやはりたんたんと答えた。アイスクリームを口に入れ、唇の内側を白くさせ、つづける。

「奥さん連れて」

「結婚したの？」

ていうか理事長？　とちえりが服部さんに向かって、目を剝いてみせた。服部さんも深くうなずく。

「なーんか、どこまでもうまく回っていくひとだよねー」

ちえりはスプーンでぺたぺたと唇を叩いていた。

「がんばらなくても大丈夫な人っているんですね」

服部さんは三分の一も食べていないアイスクリームのカップをセンターテーブルに置いた。

「必死こいてるこっちがばかみたい」

とちえり。

「ほんとですよね」

と服部さん。二人とも少しぼんやりしている。ちえりの発言は大いにうなずけるが、服部さんが同調したのには驚いた。社長の愛人となり店長の座が約束されているのだから、服部さんだって「うまく回って」いるし、「がんばらなくても大丈夫」な人種だろうに。

「さて、と」

おれは立ち上がり、台所に向かった。おれが入るような話題じゃない。洗い物をするつもりだった。

「あ、手伝います」

葛西くんも腰を上げた。

男二人で台所に立つ。おれが洗って、葛西くんが拭くと自然と役割が決まった。

「やー、女の人ってたくましいですよね」

葛西くんが声を低くし、おれから洗ったとんすいを受け取った。ふきんで拭きながら、

「服部さんって、ああ見えて、若い子には厳しいらしいんですよ」

と、さらに声を低くした。ある一流大学の名を挙げ、そこの出身だと言い、「数字にも強いし、相野谷さんも頼りにしてるみたいだし、将来は重役じゃないですかねえ」と早口でささやく。

「なんか不適切な関係だって聞いたけど？」

相野谷さんと、とは声には出さず、口の動きだけで葛西くんに伝えた。

「あの人、超手が早いから」

そこが玉にきずなんですよね、と葛西くんが首をすくめた。「まーでも、たとえ相野谷さんと別れたとしてもですよ、服部さんも辞めないんだろうなあ、と思います、ぼく」

「服部さん『も』？」

「あ、ですから、相野谷さん、超手が早いから」

「ふうん？」

「辞めた女の子もいれば、辞めなかった女の子もいる、と」

「ああ、そういうことね」

「そういうことです」

ちょっと気にかかったが、深追いはよした。そのほうがいいと咄嗟《とっさ》に判断した。

「……蒲生さん、嫁さんもらったんだって？」

「なんと高校時代の彼女ですよ」

「え」

おれは洗い物の手を止めて、葛西くんを見た。葛西くんの目はガラス玉みたいな茶色だ。その目のなかを美雪のすがたが通り過ぎた。

一度だけ、美雪の実家の付近をうろついたことがあった。

雅美と別れた二年後だったと思う。離婚した年とその翌年は札幌に帰らなかったから、二年後でまちがいない。二〇〇三年だ。

美雪の実家は八軒にあった。とうに亡くなったばあちゃん家の近所だ。人工池のある公園を横切り、散歩していたら道に迷ってしまった振りをして、美雪の実家に近寄った。少し離れたところから見てみたら、美雪の実家は改装中だった。足場が組まれ、大工か鳶職《とびしょく》かは分からないが、作業着を着込んだ若い男や中年男が立ち働いていた。

そのようすを女が二人、ながめていた。

一人は初老で、草色のスカートをはいていた。時々、腰をかがめて、ふくらはぎを搔いていた。虫に刺されたか何かしたのだろう。おれの誕生日の二日後で、九月だったが、気温はわりと高めだった。素足でもおかしくなかった。

もう一人は若くも年寄りでもない女だった。標準的な体型をしていて、割合体にぴったりした白いTシャツと細めのジーパンをはいていた。二、三歳のこどもを抱いていた。その子を揺すってやりながら、傍らの初老の女と笑いながら話をしていた。

(ああ、そうか)

おれは素早く事情を飲み込んだ。

(美雪は実家を二世帯住宅にするんだな。ひとり娘だったもんな)

人工池のある公園に戻り、ベンチに腰かけた。母親に笑いかける美雪の横顔を反芻《はんすう》した。そんなによくは見えなかったけれど、「感じ」は分かった。高校時代の名残があった。

おれの就職が決まり、上京する二日前に最後のデートをした。すすきののラブホテルで初めて美雪と重なった。行為のあいだじゅう、美雪は静かに泣いていた。「痛いのか」と訊いたら、がらりと顔をゆがめ、いっそう泣いた。泣きながら、首を横に振った。

あのときの、がらりとゆがんだ表情と、一瞬だけおれに向けられたまなざしが、おれの目にも心にも焼き付いて、どうにも消せない。いつのまにか、あの顔と、あのまなざしが、美雪のおれへの真っすぐな愛情の象徴になっていた。もしくは、真っすぐな愛情というものの。

三十一になろうとする美雪だったが、十八だったときのあの顔と、あのまなざしを、胸のなかに隠していると思えてならなかった。何かきっかけがあれば、出現しそうな気がした。美雪は、真っすぐな愛情を今でも相手に向けられる女なんだ。おれだってそうだ。いくつになっても、美雪にならば、安心してありったけの愛情をぶつけることができる。美雪といたら、無理や我慢などせず、思うままにふるまえる。若気の至りであっけなく別れてしまったけれど、そして二度とよりを戻すことはないけれど、おれたちは最強のカップルだった。きっと、きっと、きっと、そうだ。

「……それは羨ましいなあ」

うん、とてつもなく羨ましい、とおれは洗い物を再開した。

「そんなにですか？」

と葛西くんが笑い、おれも少し笑った。

「電話してみます？」

葛西くんはふきんを調理台に置き、胸ポケットから携帯を出した。

「なんで?」

訊くと葛西くんは「いや、ぼくもしばらく連絡取ってないし」と理由にならない返事をしながら、通話画面を出し、親指で操作し、携帯を耳に当てた。「呼び出し音」と人差し指で携帯を指し、「出るかなー、まだ仕事中かなー、今日って平日ですもんね、でも七時過ぎましたし」とおれに向かって独り言を言っていたが、「あ」と声を変えた。「出ましたよ」と目に表情をつけ、「ガモウさん? 葛西です」とおれから視線を外す。

「今、どこにいると思います? なんと、ちえりさんのお宅。そうです、打ち合わせ、ウエディングの」

ええ、カオナシも、と声をひそめ、「めっちゃ緊張感」と肩を揺らした。

「で、今、ちえりさんの旦那さんと皿洗いなんかやっちゃってるんですよ、ぼく」

笑い声を引きずったまま報告し、

「なんか旦那さんが蒲生さんのこと羨ましいって。なんていうんですか、その、初恋を貫いた感じが」

蒲生さんと同い歳みたいですよ、ピュア回帰するお年頃なんですかね、ちょっとした中年クライシス？　と依然として笑顔のまま、携帯をおれに押し付けた。仕方ないので耳にあてる。

「……クライシスはないでしょ。ぼく、今、けっこう充実してるし。いや、ぼくよりうちの奥さんがね。あの人のほうが伯父に見込まれちゃってさ、見どころがあるんだって。ぼくはね、なんか、病院に新設するカフェを任されるみたいよ。なもんだからコーヒー教室みたいなとこに通わされてたりしてね、これが葛西くん、大正解で。たぶん適職ですよ」

蒲生さんの声が聞こえた。柔らかですべすべした布のような声であり、話し方だった。触り心地はいいのだが、ちょっと冷んやりする。ああ、東京の人だ、と思った。そう思ったのは久しぶりだった。上京して二十年以上経つ。仕事が仕事だし、多くの「東京の人」と触れ合う機会があった。「東京の人」と一括りにできないほどのおびただしい数だ。だが、どれも、おれのなかの「東京の人」ではなかった。相野谷さんがいちばんそれに近いのだが、ぴったり同じではない。蒲生さんの声と話し方は、まさしくおれのなかの「東京の人」だった。雛形《ひながた》というか、原型というか。奇妙に懐かしく、なんでだか、ずっと聞いていたい気がした。だが、そういうわけにはいかない。蒲生さんは通話相手が交代しているのに気づいていない。

「あの、なんかすみません」

「あ、ちえりちゃんの？」

「ですです。ちえりがお世話になっていたそうで」

「いえいえ、お世話になったのはこちらのほうですよ。お世話どころか迷惑までかけちゃいまして。身重の奥さまにご負担をおかけしてしまい、申し訳ないです」

順調ですか？　とちえりの体調を気遣った。「おかげさまで」と応じると、「よかった。楽しみですね」と言う。「はぁ」と答えたら、間があいた。

「ご結婚されたそうですね」

おめでとうございます、と言った。

「ありがとうございます」と蒲生さん。また間があく。社交辞令の限界。おれらがこれ以上話すことはなさそうだ。

「こちらに来られる機会があったら、寄ってくださいよ」

ちえりちゃんとお子さんと、と蒲生さんが言った。本気ではなさそうだった。締めの社交辞令だろう。「ありがとうございます、そのうち」と答えようとしたら、蒲生さんがつづけた。締めの社交辞令に真実味を持たせようとしたようだったが、

「近くに公園もありますし。割合大きな公園なんですよ。人工池があって、ちゃぷち

やぷできます。楽しいですよ」

と聞いたら、

「八軒ですか?」

と確認せざるを得ない。札幌に人工池のある公園は他にもあるかもしれないが、でも、つい。

「そうです、八軒」

「なら、母の実家の近所です」

だからなんだって話ですけど、と頭を掻いた。

「こどもの頃は、ばーちゃん家に行ったついでによくあそびに行ったもんです」

「あーぼくもですよ」

夏休みに、と蒲生さんは答えた。「そうですか」とおれは受け取り、「じゃあ、会ったことがあるかもしれないですね」と言った。「そうですねえ」と蒲生さんが受け、「会ったかもしれないですねえ」と微笑するような声で言った。おれもゆっくり微笑した。またしても間があき、葛西くんと電話を交代した。

Switch of Life。

携帯が手から離れたら、スイッチを押し損ねた感覚がきた。おれは蒲生さんともっと話したかったのかもしれない。でも、まあ、いいか。どのみち、おれとあの人の地図が交わることはないんだし。だから、まあ、いい。ちょっと、もしかしたら、と思っただけだ。

解説

大森 望
（文芸評論家）

本書の語り手のひとりが述懐するとおり、人生は〈毎日のとてもちいさな選択の積み重ね〉で出来ている。〈ぼくらの「今」は大小とりまぜた数かぎりない選択の結果〉なのである。その選択は、スイッチを押すことにたとえられる。

〈ぼくがイメージするスイッチは鉄道でいうと分岐器だ。ターンアウトスイッチ。線路を分岐させ、電車の進む道を選ぶシステム。つまりスイッチを押すとは、ぼくがどの道筋を進むか決めること。それを繰り返して、自分だけの地図ができる〉

もちろん、その選択がすべて正しかったとはかぎらない。ある分岐点でべつの選択をしていればべつの結果があり、べつの人生があったはずだ。もしあのとき、思い切って彼女に声をかけていれば。もしあのとき、この仕事を断っていれば……。

過去を変えることはできないとわかっていても、人間はさまざまな〝もしも〟を考え、〝もうひとつの人生〟に思いを馳せる。SFやファンタジーの世界では、タイムトラベルや時間ループを使って過去に戻り、べつの人生を体験する、そんな物語が無数に語られてきた。

また、量子力学の多世界解釈をとりいれて、わたしたちがなにか小さな選択をするたびに、新たな並行世界が生まれる（世界が分岐していく）と考えることもできる。無数の並行世界には、〝彼女に声をかけなかった自分〟や、〝この仕事を断っていた自分〟もいるというわけだ。量子力学的には、たとえ並行世界が実在したとしても、べつの世界と関わることはできないので、要は考えかたの問題というか、気の持ちようみたいな話なのだが、SFやファンタジーの世界では、どうにかして並行世界との通信（または並行世界への転移）を実現するような装置／能力が何度も描かれてきた。ぼく自身がつい最近翻訳したテッド・チャンの短編「不安は自由のめまい」（『息吹』所収）もそのひとつ。人生の岐路でべつの選択をしたパラレルワールドの自分と、もし話し合うことができたら……というアイディアが追求されている。

とはいえ、タイムトラベルとかパラレルワールドとか言われると、日常からかけ離れすぎててぜんぜん身近に思えないとか、ウソっぽくて醒めるとかいう読者も多いだろう。

そこで――かどうかは知りませんが――本書では、そういう超自然的／非日常的な設定を使うことなく、北海道の同じ病院で同じ日（一九七二年九月八日）に生まれた二人、蒲生栄人と仁村拓郎を語り手に、それぞれの四十年の軌跡を描くことで、“ありえたかもしれないもうひとつの人生〟を読者に実感させる。

この小説はもともと、「地図と年表」というタイトルで、二〇一三年から翌年にかけて実業之日本社の季刊小説誌『紡』に一章ずつ連載され（全五回）、二〇一四年十一月、加筆修正のうえ、「地図とスイッチ」と改題されて単行本化されたもの。文庫化に際して再度改題され、一見してわかりやすい「ぼくとおれ」に落ち着いた。

二人の語り手のうち、〝ぼく〟のほうは、誕生日の八日にちなんでエイトと名づけられた蒲生栄人。自分ではフリッパーズ・ギターの小沢健二に似ていると心ひそかに思っているらしい。

対する〝おれ〟＝仁村拓郎は、吉田拓郎の大ヒット曲「結婚しようよ」に深い愛着がある母親のたっての希望で拓郎と命名された。時任三郎に似ているからという理由で、高校時代にはリゲインという仇名で呼ばれることになる。

北海道の同じ病院で同じ日に生まれた二人——という設定から思い出すのは、モーニング娘。初代メンバーの安倍なつみと飯田圭織。この二人は、ともに室蘭市の同じ産院で同じ時期に生まれ（誕生日は飯田圭織のほうが二日早い）、同じ新生児室で過ごしたという。飯田圭織の母親は札幌在住だったが、郷里の室蘭に帰って出産。退院後は赤ん坊を連れてまた札幌に戻り、以降、二人が接触する機会はなかったが、奇しくも十六年後、ともにテレビ東京のオーディション番組『ASAYAN』の「シャ乱Q女性ロックヴォーカリストオーディション」で最終候補に残りながら落選。その最終候補者五人で結成されたモーニング娘。の初期メンバーにいっしょに選ばれ、東京のマンションで同居することになる。

北海道出身の著者がこの二人のことを念頭に置いて本書の設定を考えたのかどうかは知らないが、札幌市の同じ病院で同じ日に生まれた栄人と拓郎は、幼い頃に一度だけ（たがいにそうとは知らずに）再会し、その後は（たがいにそうとは知らずに）地図上で微妙に近づいたり離れたりしながら人生を歩んでいくことになる。

〝ぼく〟＝栄人の父親は東京都庁に勤務する公務員。専業主婦の母親は、札幌の病院経営者の娘。そのため、里帰りして栄人を出産する。産後、同じ病室で（しかも、となりのベッドで）再会したのが、小・中学校時代の同級生――それが、拓郎の母親だった。

その拓郎の父親は、札幌の小さな煮豆製造会社に勤務するサラリーマン。母親は高校中退後、同じ会社の工場でパートタイム労働者として働いていたときに彼と知り合って結婚した。

家庭環境のまったく違う二人が、その後の人生をそれぞれどんなふうに生きたか。人生のどこまでが生まれ落ちた境遇や社会状況によって決まり、どこまでがみずからの選択によってつくられるのか。〝一九七二年生まれ〟たちは、いったいどんな時代を経験したのか。

ちなみに、一九七二年生まれの有名人と言えば、本書でも言及される貴乃花光司（貴花田）を筆頭に、木村拓哉と中居正広、高橋尚子、堀江貴文、高岡早紀、マツコ・デラックス、藤木直人、鈴木砂羽、常盤貴子、寺島しのぶ……などなどがいる。作家だと、円城塔、長嶋有、田中慎弥、須賀しのぶ。外国の俳優だと、キャメロン・ディアス、クリス・タッカー、グウィネス・パルトロウ、アリッサ・ミラノ、バネッサ・パラディ、ジュード・ロウ……という具合。こうして見ると多士済々というか、まさに人生いろいろですね。

本書の特徴は、主人公たちの人生が時系列順にではなく、一見ランダムな順序で回想されることと、その年ごとに流行したアイテムやTVドラマやヒットソングやCMが大量に挿入されて、読者の記憶を刺激すること。

たとえば、「チャーミーグリーンを使うと、手をつなぎたくなる」というキャッチコピーでおなじみの、ライオンの台所用洗剤のCM。老夫婦が登場するシリーズにも何パターンかあり、出演者も何組かいるようだが、三十代以上の日本人なら、「ああ、あの」とついCMソングを口ずさんでしまう人が多いだろう。松本隆・筒美京平の黄金コンビが作詞作曲した太田裕美の代表曲「木綿のハンカチーフ」は、一九七五年末にアルバムからシングルカットされて、八十六万枚超の大ヒットを記録したが、同時期の「およげ！　たいやきくん」のおかげでオリコン1位はとれず……という具合に注釈を書きはじめるとキリがない。それぞれの固有名詞にまつわる思い出が数珠つなぎになって甦ってくる読者も多いだろう。とりわけ、大晦日のNHK紅白歌合戦は、僕自身もほぼ毎年のように自分の実家もしくは妻の実家で観てきたので、「いやほんと、あの年のモックンは何事かと思ったよね」みたいに、たちまち話が盛り上がる。

単行本刊行時、『月刊ジェイ・ノベル』に寄稿したエッセイ「友だちになるとき」の中で、著者はそのへんの事情をこんなふうに説明している。いわく、社会に出ると、知らず知らずのうちに、知り合ったひとと年齢を確認し合うようになる。そして、〈同世代だったら、なんとなく嬉しい。同い歳と聞いたら、なぜか、もっとうれしく、誕生年まで訊ね、「あー学年はちがうね」とか言う〉。そして、〈流行ったドラマやヒット曲や記憶に残る出来事などを「あった、あった」と語り合っていくと、知り合って間もないのに、古くからの友人のような気がしてくる〉。

しかし、相手と友だちになるには、〈そのひとの個人的な歴史をじょじょに知っていき、自分のなかで、そのひとの像ができる〉ことが必要だと著者は言う。ただし、〈個人的な歴史は、決して時系列には語られない。「あ、そういえば」みたいな感じで、そのひとにとり、印象的な出来事がアトランダムに語られる〉。

本書の主人公二人の〈個人的な歴史〉も、まさにそのようにしてアトランダムに語られてゆく。それらのエピソードを通じて、読者はタイプの違う二人にそれぞれ親近感を抱き、読み終わるころにはすっかり友だちのようになっているだろう。いつか、この二人の、四十歳から八十歳までの四十年を読んでみたい。

日本音楽著作権協会（出）許諾第二〇〇〇一〇〇-〇〇一号

取材協力　渡邊祐介
大黒真苗
イトケン
編集協力　栗原 景
参考文献　『JRに生きる』中村邦夫（新風舎）

単行本『地図とスイッチ』（二〇一四年十一月 小社刊）を、
文庫化にあたり改題し、加筆修正しました。

実業之日本社文庫　好評既刊

赤川次郎
毛並みのいい花嫁
ちょっとおかしな結婚の裏に潜む凶悪事件に、亜由美と愛犬ドン・ファンの迷コンビが挑む！「賭けられた花嫁」も併録。（解説・瀧井朝世）
あ11

赤川次郎
花嫁は夜汽車に消える
30年前に起きた冤罪事件と〈ハネムーントレイン〉から姿を消した花嫁の関係は？　表題作のほか「花嫁は天使のごとく」を収録。（解説・青木千恵）
あ12

赤川次郎
MとN探偵局　悪魔を追い詰めろ！
麻薬の幻覚で生徒が教師を死なせてしまった。17歳女子高生・間近紀子（M）と45歳実業家・野田（N）のコンビが真相究明に乗り出す！（解説・山前 譲）
あ13

赤川次郎
花嫁たちの深夜会議
ホームレスの男が目撃した妖しい会議の内容とは!?　亜由美と愛犬ドン・ファンの推理が光る。「花嫁は荒野に眠る」も併録。（解説・藤田香織）
あ14

赤川次郎
MとN探偵局　夜に向って撃て
一見関係のない場所で起こる連続発砲事件。犯人の目的とは……？　真相解明のため、17歳女子高生と45歳実業家の異色コンビが今夜もフル稼働！（解説・西上心太）
あ15

赤川次郎
許されざる花嫁
長年連れ添った妻が、別の男と結婚する。新しい夫には良からぬ噂があるようで…。表題作のほか1編を収録した花嫁シリーズ！（解説・香山二三郎）
あ16

実業之日本社文庫　好評既刊

赤川次郎
四次元の花嫁
ブライダルフェアを訪れた亜由美が出会ったのは、ドレスも式の日程も全て一人で決めてしまう奇妙な新郎。その花嫁、まさか…妄想⁉（解説・山前 譲）
あ1 13

赤川次郎
哀しい殺し屋の歌
「元・殺し屋」が目を覚ましたのは捨てたはずの実の娘の屋敷だった。新たな依頼、謎の少年、衝撃の過去——。傑作ユーモアミステリー！（解説・山前 譲）
あ1 14

赤川次郎
演じられた花嫁
カーテンコールで感動的なプロポーズ、でも……ハッピーエンドが悲劇の始まり⁉ 大学生・亜由美に事件はおまかせ！ 大人気ミステリー。（解説・千街晶之）
あ1 15

赤川次郎
明日に手紙を
欠陥のある洗濯機で、女性が感電死。製造元のK電機工業は世間から非難を浴びる。そんな悪い状況から抜け出すため、捏造した手紙を出す計画を提案する…。
あ1 16

赤川次郎
綱わたりの花嫁
結婚式から花嫁が誘拐された。しかし、攫われたのは花嫁のふりをしていたアルバイトだった⁉ シリーズ第30弾、長編ユーモアミステリー（解説・青木千恵）
あ1 17

赤川次郎
幽霊はテニスがお好き
女子大生のさと子は、夏合宿のため訪れた宿で嫌な気配を感じる。その原因とは……。赤川ミステリーの魅力が詰まった全六編を収録。（解説・香山二三郎）
あ1 18

実業之日本社文庫　好評既刊

梓林太郎
スーパーあずさ殺人車窓　山岳刑事・道原伝吉
新宿行スーパーあずさの社内で男性が毒殺された。山岳刑事・道原伝吉は死の直前に彼と会話をしていた謎の女の行方を追うが――。傑作トラベルミステリー！
あ3 9

梓林太郎
姫路・城崎温泉殺人怪道　私立探偵・小仏太郎
冷たい悪意が女を襲った――！　衆議院議員の隠し子失踪事件と高速道路で発見された謎の死体の繋がりは？　事件の鍵は兵庫に…傑作トラベルミステリー。
あ3 10

梓林太郎
爆裂火口　東京・上高地殺人ルート
深夜の警察署に突如現れた男は、頭部から血を流しながら自らの殺人を告白した。事件の手がかりは「カズコ」という謎の女の名前だけ…傑作警察ミステリー！
あ3 11

梓林太郎
函館殺人坂　私立探偵・小仏太郎
美しき港町、その夜景に銃声が響いた――。謎の女の存在がこの事件の唯一の手がかり？　人情探偵よ、逃亡者の影を追え！　大人気トラベルミステリー。
あ3 12

梓林太郎
反逆の山
拳銃を持った男が八ヶ岳へと逃亡。追跡が難航するなか、拳銃の男から捜査陣にある電話がかかってくる。犯人と捜査員の死闘を描く長編山岳ミステリー
あ3 13

蒼井上鷹
最初に探偵が死んだ
雪の山荘で起きる惨劇……の前に名探偵が殺された！じゃあ、謎を解くのは誰？『4ページミステリー』の著者が贈る仰天ミステリー！（解説・村上貴史）
あ4 1

実業之日本社文庫　好評既刊

蒼井上鷹
あなたの猫、お預かりします
猫、犬、メダカ……ペット好きの人々が遭遇する奇妙な事件の数々。『4ページミステリー』の著者が贈るユーモアミステリー、いきなり文庫化！
あ42

蒼井上鷹
動物《ペット》珈琲店《カフェ》ブレーメンの事件簿
珈琲店に集う犬や猫、そして人間たちが繰り広げるドタバタ事件の真相は？　答えは動物だけが知っている！　傑作ユーモアミステリー
あ43

碧野圭
銀盤のトレース age15転機
名古屋のフィギュアスケート強豪高へ入学した竹中朱里。全日本ジュニア代表を目指し、ライバル達と切磋琢磨する青春の日々を描く。（解説・伊藤みどり）
あ51

碧野圭
銀盤のトレース age16飛翔
全日本ジュニアで準優勝、世界大会をめざす名古屋のフィギュアスケート少女・竹中朱里の奮闘と苦悩を描いた書き下ろし長編！（解説・大矢博子）
あ52

碧野圭
情事の終わり
42歳のワーキングマザー編集者と7歳年下の営業マン。ふたりの〝情事〟を『書店ガール』の著者が鮮烈に描く。職場恋愛小説に傑作誕生！（解説・宮下奈都）
あ53

碧野圭
全部抱きしめて
ダブル不倫の果てに離婚した女の前に7歳年下の元恋人が現れて……。大ヒット『書店ガール』の著者が放つ新境地。〝究極の〟不倫小説！（解説・小手鞠るい）
あ54

実業之日本社文庫 あ22 1

ぼくとおれ

2020年2月15日　初版第1刷発行

著　者　朝倉《あさくら》かすみ

発行者　岩野裕一
発行所　株式会社実業之日本社
〒107-0062　東京都港区南青山5-4-30
CoSTUME NATIONAL Aoyama Complex 2F
電話［編集］03(6809)0473［販売］03(6809)0495
ホームページ　https://www.j-n.co.jp/
DTP　ラッシュ
印刷所　大日本印刷株式会社
製本所　大日本印刷株式会社

フォーマットデザイン　鈴木正道（Suzuki Design）

ISBN978-4-408-55561-4（第二文芸）